# 船出…

## 旅立ちまでの看病記

ゆいね久之
YUINE HISAYUKI

幻冬舎 MC

# 船出…

## 旅立ちまでの看病記

# 目次

# まえがき

36年の月日が過ぎた。

長く勤めた役所を退官する日が来た。

誇れる肩書もなく、語れる仕事もなく、懐かしい思い出もなく今日を迎えた。

大臣名の入った感謝状が交付された。これといった感慨もない。何も変わらない一日だった。

私は60回目の新しい春を迎えていた。

平和坂のソメイヨシノは満開である。

ソメイヨシノが散れば、団地周辺の八重桜が咲き出す。

自然観察公園の緑は深く眩しい。

そのように月日は流れ季節は変わるものだと思っていた。

船が進めば航跡が残るように、人が歩けば足跡が残る。

振り向けば私にも36年分の足跡があった。その足跡の数を数えてみようか、自身の歩みの記録を残してみようか、そんなことをふと思った。

しかし、いくら記憶を辿ってもみても、今、残すようなことは何もないではないか、そのような虚無感にとらわれていたとき、あの日のことを思い出した。湯島天神の、桜が散り始めた頃だった……。

湯島の通商事務所に在籍していた私の携帯に連絡が入った。

この一本の連絡から私を取り巻く環境は一変した。環境の変化は私の生活を、考え方を全てを変えた。

桜の花が散っても、翌年の春には咲くように、全ては永遠に繰り返されるものと思っていた。

人の命も、永遠に続くもので、限りあるものとは思ってもみなかった。

自身の記録など残しても意味はない。

父が生きてきた記録を残してみよう。あの日の携帯の着信音が耳に蘇った。

80半ばまで事務所で働いてきた父、思いやりも優しさも何もない父を、全てにおいて献身的に支えてきた母、父の苛烈なまでの厳しい教育方針の下にあって、自身の考えなど言えることもなく、日々を過ごしてきた、私を含む4人の兄弟たち。

絶対専制君主のような父が倒れ、周囲を取り巻く家族の全てが変わっていった。

父と我々家族の7年間の記録を残すことは、私の36年間を振り返ることにも通じるのではないか。

家族との度重なるぶつかり合いの記録を残すことは、それぞれの家族の価値観、人生観を見つめなおす機会にもなる。

人は誰もが老いてゆく。限りある命を削って最後まで生きていく。

簡単な道理であっても、誰もが考えようとはしない現実に直面することになった。

我々家族は現実を知り、現実を受け入れて、そして新たな道を切り開かなければならない。

全てを過ぎたこととして、置き捨てていては新たな歩みを始めることはできない。

出航のドラが響き渡る……。

五色の紙テープが乱れ飛ぶ。船出の時はきた。船は大桟橋を離れていく。

船はどのような航跡を描くのだろう……。

# 序章

弁護士業一筋の父だった。母を思いやるなどない、息子たちに優しい言葉をかけるでもない、そんな父がいつの頃からか、母を連れてクルーズ船に乗るようになった。母が心筋梗塞で倒れ、命を取り留めた時、主治医から、船旅なら負担は少ないし南の方ならいいでしょう、と言われたからだ。

南西諸島クルーズを皮切りに、両親の船旅は10年以上続いた。

父の書斎の、クルーズ旅行の思い出を綴ったアルバムは増えていった。

しかし、あの時を境に、アルバムは増えることはなくなった。

平成30年4月20日、父はクルーズ船で倒れた。くも膜下出血だった。

与論島から沖縄本島まで、ドクターヘリで救急搬送された。

「若い血管だ！」脳神経外科医はモニター画面を見て驚嘆した。コイル塞栓術、緊急手術は成功した。

「ICUにいた。あれだけチューブだらけになっても、俺たちの手を強い力で握り返してきた。絶対帰ってくる」沖縄にかけつけた弟たちは口々に言った。

脳神経外科医を驚かせ、弟たちを驚かせた父の生命力は、後遺症も残さなかった。回復期病院に転院した。

「おい、時間があるならもっと歩かせろ！」

若い理学療法士、作業療法士、言語聴覚士を父は叱り飛ばし、自主的なリハビリまで実践した。

「すごいですよね！　男ですよね！　侍だ！」

父の姿にリハビリ担当の若い療法士たちは驚いていた。しかし、母は違った。父の異変に一人気づいていた。

「もう帰る、あいつに迎えに来させろ！　医者には会っていない！　これは監禁罪だろう！」「ここはどこなんだ！　もう帰る！」連日電話が自宅にきた。個室のナースコールが押せない。勝手に動き出そうとして、その都度、看護師が飛んできて、身体を押さえ付けられていた。

## 平成30年7月22日　日曜日

連日の猛暑の中、主治医から、ご家族に話があると連絡がきた。

「発症して3カ月が過ぎました。お父さんの現状をお話しします。くも膜下出血の後遺症はありません。水頭症による後遺症もありません。日常生活もほとんどお一人でできます……ただ、こちらをご覧ください」

「この画像をご覧ください。前頭葉とこの海馬のあたり委縮しているのが分かるでしょうか。これは明らかに認知症の症状です」

父はこの時、初めて医師から「認知症」であるとの宣告を受けた。母が異常を感じていたのはこれだったのだ。

「ええ？　違うでしょう？　なんかおかしいけど大したことないんじゃあないですか？」

「昔から、めちゃくちゃ怒鳴りまくる人だったし」皆がそう言って、医師の診断を笑っていた。

大学病院内科……父の心臓の持病、肝臓、高血圧症を、前々から診察していた老教授がいた。

「おおお！　大したもんですな！　すごいですな！　くも膜下出血で倒れたと聞きましたが、自分で歩いて診察室に入ってくるなんて！　物忘れ？　しますよ！　誰でも、私も物忘れくらいします！」

兄はこの老教授の言葉を聞き感激したようだった。家族であれば当然かもしれないが、現実を見る目を失うことにもなった。

この時期、認知症の初期症状が明らかに表れていた。曜日は分からない、季節が分からない、電話の取次ぎができない、庭の植木を闇雲に切り捨ててしまう。

ケアマネさんは、T大学病院脳神経内科で受診することを提案した。Aリハビリテーション病院でも、2年前、専門医を受診するように言われていた。あれから2年が過ぎてしまっていた。

**令和2年10月5日　月曜日**

脳神経内科では脳波検査、MRI、心理テストが行われた。

「脳の萎縮が見られます。短期記憶障害がテスト結果から確認できます。典型的なアルツハイマー型認知症ですね」との診断が下された。

「そんなことはない！　馬鹿を言うな！『たいしたもんです！　誰でも物忘れはしま

す！』とあの先生は言っていた！」兄は叫んだ。

母と兄の間には既に深い溝ができていた。

普段、傍観者である私が、これから何が起きるかなど何も分かるはずはなかった。しかし、父の異変は明らかだった。長幼の序であれば、巻き込まれるはずのない渦に私は巻き込まれていくことになる。

令和2年10月のことだった。

**令和5年1月1日　日曜日**

あの日から数えて、5回目の新しい年を迎えた。

鶴の舞う漆塗りの三段重、梅の花咲く小さな二段重、我が家では二つの重箱がテーブルに並ぶ。

三段重は、下の重には栗きんとん、中の重にはたたきごぼう、酢蓮《すばす》、飾りこんにゃく、黒豆が入る。今年は、初めてクワイも並んだ。

クワイは団地のスーパーで見つけたものだ。母がお茶事で出していたことを思い出したのだ。上の重には、紅白のかまぼこ、伊達巻が並ぶ。

おせちの手作りは30年は続いている。祖母が作り、母が作り、いつの間にか私が作るようになった。

特別なことは何もない、毎年普通だ。いつも通りの普通の正月が来るはずだった。

昨日、焼き上がった、焦げた伊達巻きが四本、銀紙にまかれて、簀子に巻かれて、幾重にも太いゴムにバチバチと巻かれて、テーブルに立った。

母が出来上がったものを早く出せという。大晦日の昼過ぎだ。

小鉢に、酢蓮、飾りこんにゃく、たたきごぼうを載せて、別の小皿に栗きんとんを入れて、テーブルに並べた。

そばも茹で、油揚げを湯通し、白菜を入れて即興の年越しそばにした。

「ううん、旨い！　いなああ、おまえは料理名人だ！　どこぞのお嬢さんよりもよほど料理が上手い、どこぞのお嬢さんよりもよほど上手だ」

繰り返し繰り返し父は、私の手作りの栗きんとん、白菜、油揚げ入りの年越しそばを褒め続けた。激賞とでもいっていい。

（おかしい、おかしい）どこぞのお嬢さんってなんだ？　この褒め方は何なんだ？　うれしさよりも、不気味だった。父は頭が完全におかしくなったのではないか……それにしてもここまで褒めなくてもいいではないか……。

父は顔中に白いひげを伸ばし放題にし、頬はこけていた。顔に表情は乏しかった。

「よかったじゃないの……ほんとどれも美味しいわよ」

母は満面の笑顔である。父の不気味な褒め方よりも、父がはっきりと感情を出し、喜ぶ姿を見て母は喜んでいた……。

「あとは、明日だね……重箱に詰めないといけないね……御雑煮も材料は切っておかないと……餅は小さめにしておこうか……」

そんな大晦日だった。

小さな餅は雑煮にして食べた。餅は父の好物である。年をとっても、餅を小さく切ると「なんでこんな小さく切るのだ！」と怒ったものだった。新しい年が来る、誰もがそう思って夜を過ごしていた。

# 第1章　新た年を迎へ

元日の朝、父の様子は急変した……。

「どうした⁉　ねえぇ……大丈夫⁉」

「寒い、寒い……」と父は言い出した。

フィンランド製の青い縁取りのあるセーターは着ている。赤黒のリバーシブルのジャンパーをその上に着せた。

「寒い……寒い……」皺だらけの手がブルブル震えている。身体をガタガタと震わせ始めた。それでも椅子から立ち上がろうとしている。

「どうしました？　どうしたいの？　大丈夫ですか？」

「しょんべんだ……しょんべんだ……」

（この状態では、また、トイレをメチャメチャにするだろうな……また、失禁が始まるのではないか……下着も汚しているのではないか……）

「トイレ行こう。ほら、こっち、気を付けて」父をトイレに誘導する。いつもと違うとは思ったが、トイレには入っていった。

（え？　なんだ……様子がおかしい）

父がトイレで動かない。動きがとれないのだ。

普段は自分でズボンは下ろす。それはできる。小便が便器に入らない。周囲に撒き散らす……パンツからズボンから……ひどく汚すのだ。

「出ない。終わらん……しょんべんが出ん」唸っている。

目の前のトイレットペーパーをくるくると引き出した。トイレの出窓をトイレットペーパーで拭きだした。

「なに⁉　どうしました……どうしたの？」

「汚いんだよ。きれいにしなきゃあだめだ」

トイレに来たことを忘れている。用を足すことを忘れている。

「ここに何しに来たの？？　小便するんでしょう？　掃除はいいから。掃除はいいですから、小便しましょう」

「ほら、ズボン下ろしてますか？？　ちんちん出してる？？　掃除はいいから。ね、掃除は後だから」

「そうかああ……しょんべんかああ」

「大丈夫ですか？　掃除はいいから、小便ですよ」

「ほら、小便して、また、パンツからズボンから汚しますよ。大丈夫ですか？　だいじょうぶ？」

「ああ……しょんべんかああ……しょんべんかあ」

ちょろちょろ、小便は出た。

父は、両腕を突っ張り、両足を開き、下ろしたズボンはずるずると、膝下までずり落ちていた。その格好で父は動けなくなった。

振り返りトイレから出てくることや、後ろ歩きでトイレから出てくることができなくなったのだ。

「だいじょうぶ⁉　もう、トイレの掃除はいいから！　掃除はいいから。ね、ね！」

「ああ……しょんべんは出たか……」

「トイレから出ないと、布団に戻れないよ」

「ああ……」

父は身体が動かない、何をしにトイレに入ったのかも分からなくなっていた。

家に駆けつけてきた兄が喚きだした。

「身体が動かないんだ、動かせばいいんだ。動かないだけだ！　ほら！」

喚きながら、父の両脇に腕を通し、上半身を抱え身体を無理矢理動かし始めた。

「ほら、歩いて！　ほら！」

力任せに、痩せ細った父の身体を動かしだした。

「何やってんだ！　足が動いてないぞ！　転ぶぞ！　ひっくり返すつもりか！」

私が怒鳴りつける。

「だまれ！　うるさい！　俺がやる！」兄が怒鳴り返してくる。

兄は普段、父親の世話など何もしていなかった。赤羽の家がどのような状況なのか、当然何も分からない状態であった。

偶《たま》に、家に現れては庭に水を撒いて、コーヒーを沸かすだけである。

父の認知症の症状がどこまで進んでいるか、母の老老介護がどれだけ厳しいものか、何一つ分かっていなかった。

父のアルツハイマー型認知症の症状、体力、気力がどれほど低下しているか、現在どのような状態なのか、生命の炎があとどれだけ燃えるのか、残りわずかであることを、知ろうともしなかった。現実から意図して目を逸らそうとしているかのようだった。

トイレの前に、ダイニングの椅子を引っ張り出す。そこまで父を動かし、とりあえず座らそうとしたのだ。

「ああ……しょんべんが……」

「分かったから、ほら、壁に手をついて、ほら、足出して、ほら、足！　右！　左も！」

痩せ細った父の身体ではある。とはいえ、動けない身体を椅子にまで運ぶのは、大変な労苦である。力任せに担いで動かせばいいわけではない。

そのようなことをしたら、高齢な父が疲労骨折してしまう。それだけ身体は弱っていたのだ。

「もういい……もういい……」

「え？」

「もういい……もういい……」

動かない身体をなんとか椅子に置いた。父は椅子でガタガタと震えていた。伸び放題のひげが目の前にある。

「もういい……もういい……」と椅子に身体を預けて、譫言《うわごと》のように繰り返した。

「足が痛い？　ほら、擦ってあげるから」

父の足の甲は浮腫んでいた。まるでドラえもんの足のようだった。

高齢のため心臓の働きが弱まっている。血液を吐き出しても心臓に戻る力が弱く、重力が勝るため、身体の下方に滞留するようになるらしい。

そのために、足が浮腫む。

本人は痛がることはなかったが傍目には、その足は余りに痛々しく、毎晩、毎晩足を擦っていた。

しかし、今は違った。椅子の上で父は言った。

「足が痛い！　足が痛い！」と繰り返している。

足を擦り、身体を擦り、背中を擦り、ブルブル震え動かなくなった父の横に立ち竦んだ。

六畳間に布団を敷いた。敷いた布団に寝かそうと思ったのだ。兄と二人がかりなら、身体に負荷をかけずに父を運べるのではないか。

「え……なに？　なんですか……」

「もういい……もういい……もう十分だ……十分だ」

もういい、もういいとはどういう意味か？

普段、体調を崩す時とは明らかに違う。

どうしようもなく違った。

母がダイニングでこちらの様子をうかがっている。

「救急車を呼びましょう。もうどうしようもないでしょう」

母の諦めともとれる言葉が発せられた。

「分かった。これじゃあ、どうしようもないね」

スマホを取り出す。数字の並ぶキーパッド画面を出す。

# 第2章　大寒波に具へ

「119です。火事ですか！　救急ですか！」

「94歳になる、要介護2のアルツハイマー型認知症の父親なんですが、トイレで動けなくなってしまって。様子がおかしいんです」

「体温はどうですか？　発熱はありますか？　ワクチンはいつ打ちましたか？　かかりつけの病院はありますか？　救急車は手配しますが相当に時間はかかります」

１１９番の受付オペレーター、その張り詰めた声が、矢継ぎ早に質問を重ねてきた。体温は？　発熱は？　ワクチン接種回数は？　この日、何度もこの質問を受けることになる。

「T大学病院に運んで欲しいんですが」

「それは、救急隊に言ってください。手配はします！　時間はかかりますから！」

「時間はかかる！　時間はかかる！」

繰り返す１１９番受付オペレーター……。

(今日は元日だ。正月だ。コロナの第８波襲来と、世の中は大騒ぎになっている。一本の救急要請に、ゆっくり相手はしてられないのか)

「時間がかかる……時間がかかる……」と繰り返される言葉に苛立つ、じりじりする。

父はトイレの前でガタガタ震えている、ダイニングの椅子に母は座り込んでいる。

今日が、元日であること、コロナウイルス感染症が蔓延し、病院が逼迫した状態にあることを、テレビの画面の話でなく、現実として思い知らされた。

父をトイレの椅子からリビングの椅子にまで運ぶことができた。多少は落ち着いたかのようには見える。体温計を脇の下に挟む。

「あ！　38℃近くも熱があるじゃあないか‼　解熱剤を飲ますんだ！　おまえらは分かってない、何も分かっていない！　余計なことはするな！　俺がやる！　俺がやる！」兄が喚いている。

椅子に固まり、深く皺に蝕まれ小さくなった手をブルブルと震わせる。やせ細った身体がより一層小さくなっていく。

時間が止まった。

私は二階に駆け上がり、ドアを開け、バルコニーに出る。

いつもならば、不思議なほどに明るく静かな空が見えるはずの日であるのに。じりじりと時間が過ぎる。止まった時間が過ぎるのは遅い。

「え？」スマホの着信履歴、液晶表示、119の上に見慣れぬ070・・・5933の表示が何列も並んでいる。

「あ！　連絡が入っている」

スマホの表示を押し返す。鳴る、鳴る。相手を呼んでいる。

「いま……ど救急です。今向かっています。様子はどうですか？　容体はどうでしょうか？　意識はありますか？」

「T大学病院に運んで欲しいんですが……」

「そちらについてから、運ぶかどうか判断します」

（え？　あ）

スマホの画面から、サイレンの音が漏れ聞こえてくる。救急車のエンジン音が聞こえてくる。向かっている。確かに向かっている。

こちらに来ている。

時間が急に早く過ぎ出した。止まった時間が動き出した。

「違う！　スマホからではない」

バルコニーに音が届いている。

「あ！」眼下の十字路に、救急車が滑り込んできた。突然、赤いラインが視界に飛び込んできた。

白いヘルメット、薄い水色の制服、手に大きなオレンジ色ボックス、ストレッチャーが引き出される。

「T大学病院ですか？　連絡は取りますが受け入れられるかどうかはちょっと、今はコロナで、どちらも空いてないんです」

「我々が様子を見て運ぶかどうかは判断しますから」

赤字に白抜きの腕章を腕に巻いている。

救急救命士、救急技術士、巨躯《きょく》の救急隊員三人がダイニングに立つ姿は異様だ。椅子に固まる父が尚更小さく見える。

「お父さん、聞こえますか⁉　腕いいですか⁉　いいですか⁉　聞こえる⁉」

白いヘルメット姿の大男が声を張り上げる。

二人の隊員が声をかけ続ける。計測器を取り出し、父の腕に計測帯を巻き付ける。繰り返し計測をしている。

隊長らしき真っ黒に日焼けした救急隊員が連絡を取っている。

年齢、朝の体温、発熱状況、ワクチン接種の回数、かかりつけ病院を繰り返し聞いてくる。隊長はワイヤレスフォンを盛んに口に寄せている。

「車椅子で外まで運べ！　そこでキャッシャーに移す‼」

隊員に指示が飛ぶ。隊員二人がダイニングを飛び出す。

「T大学病院に運びます！　どなたが付き添いで！　一人？　二人？」

緊張感の走っていた隊長の日に焼けた顔に、穏やかな表情が浮かんだ。

方針は決まった。搬送先はT大学病院に決まった。

ホッとして、思わず……

「隊長さん、今日はさすがに大変でしょう」

余りに場違いな問いかけになった。

「119番もなかなか通じなかったんじゃあないですか？　我々もあちらこちらから呼び出されましてね」隊長が答える。

白いヘルメットには「今戸」とペイントしてある。

「今戸？　って、台東区ですか？」

「そうです、そうです。我々は、先ずは北区まで来ることはないんですが、今はそうも言ってられません」

1時間以上かけて、今戸から赤羽まで来てくれた。そして、かかりつけのT大学病院に搬送される。一筋の光明が見えた。

「よかった！　助かった！」そのときはそんなことを考えていた。

駆けつけてくれたのは、日本堤消防署今戸出張所所属の救急隊だった。

救急車に兄と二人で付き添った。

ステンレスのパイプが交差して安定するストレッチャー。その上に上半身を起こしている父は、意外なほどに落ち着いていた。

日に焼けた救急隊隊長から矢継ぎ早の、質問が繰り返された。

「今朝の体温は？　発熱の状況は？　今朝の様子は？　介護通所サービスはお使いですか？　ケアマネさんには連絡しましたか？」

隊長は小さなメモ用紙を取り出す。

兄は俯いて言葉を発することはない。発しようもない。親の面倒など何も見ていないのだから、何も答えられない。

私が逐一答える。

「月曜日、金曜日、土曜日と西が丘の『Mデイサービス』に、火曜日、木曜日は一日滞在型の団地の『デイケアK』に通っています」

「ほとんど家にいないわけね。ワクチンは何回打ちましたか？　3回目はいつ頃？」

「昨年の2月に3回目を打ってます」

「4回目は何故打たなかったんですか？」

「予約はしたんですが、当日、朝、体調を崩してキャンセルしたんです」

ワイヤレスフォンを口に押し当てて話し続ける隊長。

「T大学病院の受け入れが決まりました。T大学病院に向かいます！」

サイレン音とともに走り出す救急車。見慣れた家々が後ろに飛び去っていく。

あの朝もそうだった。父は発熱し、身体を痙攣させ、布団上で動けなくなった。小便を布団にもらし、下着、寝間着を汚していた。

その場にはいつもの通り私しかいない、赤羽宅には老いた母しかいない。

痙攣しながらもトイレに行きたがる父親を、布団ごとトイレの前まで引きずっていく。敷布団の縁を摘み、上半身を敷布団とともに引き上げ起こす。背中越しに両脇下に、両腕を差し込み、上半身を抱え上げる。便器の前まで連れていく。

何とかしたいと思っても慣れない作業だ。父は痙攣している。気持ちばかり焦って一人ではやり切れない。

母が兄を呼び出そうと携帯に連絡する。何度かけてもつながらない携帯、なんのための携帯電話なのか。私の姿を見かねて、母が電話をかけ続ける。

とても一人では対応できない状態になった。母は助けにならない助けを呼ぶつもりだった。

玄関扉が乱暴に開く。トイレの臭気漂うエントランスに空気が流れ込む。

薄汚れた茶色のコートを羽織った兄が怒鳴りながら入り込んでくる。助けに来たのではない。怒鳴り込みに来たのだ。

「お前が！　無理やりワクチンを受けさせようとするから、このようなことになるんだ！　何をやっているんだ！　ワクチンは受けてはだめなんだ。無理にやろうとしただろう！　子供がテストのある朝に熱出すのと同じだ！」

兄は血相を変え、表情は青ざめ、引きつりながら叫び続けた。

この男は何を言っているのか、何をしに来たのか。そらおそろしさすら感じる体《てい》である。

母が必死に間に入り、執り成しながら叫び出す。

「あなたは何一つしていないから分からないの！　ワクチンがどうこうじゃないの！　久之は、毎日、毎日、パパの面倒見てるのよ、汚れた下着だって毎日毎日洗ってるのよ！」

「俺だってやったことあるぞ！　この前やったぞ！」

何を一体言ってるのか。４回目ワクチンを打つと死ぬのだという。高齢者は特にそうだと喚き散らしている。私が無理やり打たそうと画策したと喚いている。

眼の前で、実の父親が痙攣を起こして身体が動かなくなっている。小便を垂れ流しているのを見ても、助けようとはしないのだ。

母の言葉を聞いて……

「帰る！　俺を当てにするな！　お前がやれ！」

喚き捨てて帰って行った。これが長男の言葉だった。

何をしに来たのか、私は母の顔を見ることができなかった。

兄の対応は必ずと言ってもいいようにこのようなものだった。父の老いが進み、衰えが深くなり、認知症の症状が進むにつれて、このような対応に拍車がかかってきた。

両親がどれだけ老いて、弱ってきているか。認知症を発症した父の介護を母や私がすることがどれだけ厳しいことなのかを全く理解できないのだ。理解しようとする気が全くなかった。

それどころか90を過ぎた母親に対し……

「お前が、親父を虐めてるんだろう！　弱ってきたから、今まで、親父に屈従してきた、その復讐をしているんだろう！　おぞましい話だ！」と怒鳴りつける始末だった。

救急車はＴ大学病院の、救急外来入り口前に滑り込んだ。

隊長が、ストレッチャーを救急車の荷台から引っ張り出す。車輪のついた足が、ガッシャッと、はの字に広がる。

隊長が先頭に立ち、ストレッチャーを発熱外来入口前まですするすると移動させる。

インターフォンを押す。

「今戸、救急です」

「ご家族の方は、ここでお待ちください。事務が来るでしょうから」

父はストレッチャーに乗ったまま、救急外来受付に吸い込まれていった。

令和５年元日の午後二時のことである。

元日の大学病院の１階フロアは静寂に包まれていた。白色リノリウム材の床は美しくさえもあった。

横列に整然と並ぶソファは、まるでホテルの受付のようだ。

その空間を、白衣の医師、若い女性、看護師であろうか、足早に通り過ぎる姿がある。

やはりここは病院なのだと気づかされる。

発熱外来の待機室は、１階フロアの片隅、医療連携室の前に、パーテーションで区切られた一角であった。

静寂の中、時間が過ぎていく。兄も横に座っている。手元の携帯を睨みつけていた。

「ワクチンは3回も打ってはいけないんだ。そう聞いているんだ。そういうきちんとした話があるんだ。医者は分かっていない。誰も分かっていない」

ブツブツと繰り返し、ワクチンの話をしていた。

コツコツと、薄いピンク色の制服を着た女医が近づいてきた。

「救急外来の佐藤です。ご家族の方ですか？　お父様はどうされました？　何を伺っても、『何でここにいるか分からない』としかお答えにならないので」

（そうだろうな……分かるわけないだろうな）進行した父の認知症の症状を思えば当然だとは思ったが、ため息が出るだけだった。

「体温は？　発熱の状況は？　普段の様子は？　ワクチンの接種回数は？」女医が、また、同じことを質問してきた。何回目の説明なのか分からなくなった。

その都度、兄は横で俯いていた。何も知らない、分からないのだからしょうがないと、思うしかなかった。

「発熱していて、痙攣があってあのご年齢なら、敗血症ではないかと思われます。コロナの可能性は低いと思いますが」

「敗血症？」

「わたなべとおるさんがなった」

「わたなべ？　ああ……渡辺徹、ですか？」

医師の説明に、昨年末に亡くなった俳優の名前が出てくるとは思わなかった。

「もうしばらくお待ちください。救急外来から内科の医師に担当が代わりますから」

再び、静寂の時間の中に取り残された。時間が過ぎる。腕時計を見る。針は動いているのだろうか？　そう思うほどの時間が過ぎていった。

コツコツ、若い白衣の男性医師が廊下を歩いてくる。ピンク色上下の制服姿の若い女性が後ろに従う。

「内科の松村です。発熱の原因も分かりません。今日は検査しても結果が出ないので、しばらく入院ということでお願いします」

（救急車でやっと運んだのに何にも分からないのか。今日は日曜日だ、元日だ、正月だ。医者もいるわけないか。病院だって正月なんだろう……）

医師は言葉を続けた。思いもかけない言葉だった……。

「それでご家族にご相談なんですが、重い話になりますが、ご年齢からして、そういう場面になったとき、延命措置はどうなさいますか……」

「ええ！　それはしてください。まだまだ大丈夫ですから。危なくなってもまだ大丈夫ですから、延命措置はお願いします」

兄が顔を紅潮させ答えた。何も答えられずに俯くしかなかった兄が突然口を開いた。

（こいつは何を言っているのか……）私は唖然とした。

延命措置とは……医師は、「そのようなときが来た時に、家族が最後に会うための時間が取れるような対応はするが、それ以上のことはしないということだ」と説明した。

延命措置の話が出るとは正直思わなかった。

（父には延命措置などは施さなくていい、不要なことだそれが結論だ、それが正論だ）

私は闇雲にそう思っていた。

父の身体中に、カテーテル、チューブ、コードが巻き付いた姿など、再び見るのはごめんだ、親の無様な姿はこれ以上はたくさんだ。6年を超える介護生活は、私にそんな考え方をもたらした。

親の面倒も看ない、何一つしない、家に寄り付きもしない、そういう兄だからこそこのような言葉も出るのだろう。

医師が続ける……。

「ご高齢ですから、入院中にせん妄状態になることがあります。それにより治療に支障が出ることもあるんですが……」

「せん妄状態？　治療に支障ですか……」

「点滴治療しているときなどに、カテーテルを引き抜いてしまったりすることがあるんです。それを防ぐために身体拘束の同意をしてもらいたいんですが……」

兄が答える……。

「え？　それは困る！　そんなことはしないでください。しっかりしてますから」

「内科の藤原先生は『大したもんだ！　すごいもんだ！　その年齢で！』と言ってましたから」

（何を言っているのか？　しっかりしてますからとは、何を言いたいのか？　内科の藤原って6年前のあの老教授の医者の話だろうが……）

松村と名乗る若い医師が、「身体抑制に関する説明書」という書面を差し出してきた。

（身体抑制が必要な状態「せん妄」意識が混濁しており現実が認識できない状態、すなわち病院にいることや治療を受けていることが認識できない状態）との欄にチェックが入っている。

介護区分認定申請書のチェック項目にもあった、せん妄状態である。

松村医師は、「高齢でもあり入院しているとせん妄状態が進む場合がよくあります」

と言う。

既に父は、「何でここにいるか分からない」と女医に言っている。

延命措置だ、カテーテルだ、身体拘束だと言われても、その存在は私には余りにも遠かった。

しかし、自宅に帰ってくるにしても、家に置いておくことは難しいだろう、施設を考えざるを得ないだろう、状況は急激に変化した、それは確実だった。

(身体拘束も当然あるだろう、この入院で父の認知症のレベルも上がるだろう、終わりだ)そう思っていた。

**令和5年1月2日　月曜日**

T大学病院から連絡がきた。

「え！　陽性？　コロナですか？　コロナなんですか？」

父はコロナウイルス感染症にかかっていた。

「主治医が4日には決まりますので、また連絡します」

8階のコロナ感染症病棟で父の治療が始まった。病院とすれば、高齢者であれ、認知症であれ、コロナ陽性であればその治療を優先するのは当然の判断だった。

## 令和5年1月4日　水曜日

「抗菌作用のある点滴治療を始めてます。10日か、11日に血液検査して、それで陰性でしたら、12日か13日に退院の予定になります」大学病院内科の医師から連絡が入った。退院予定日の話が直ぐに出た。

それはいい話であることには違いなかった。

しかし、約12日は病室に寝ていることになる。認知症はどう進行するか、体力はどこまで低下するか、年齢を考えれば、退院の話にとても喜んではいられなかった。

更に状況が変化した。赤羽の自宅に一人父の帰りを待つ母もコロナ陽性であることが明らかになったのだ。

「ええ！　ママもか⁉　親父から感染したのか？　親父は退院してくるんだろう、大丈夫なんだろう、家に一人になるじゃないか」

父の退院予定日の話を聞き、兄は、「大丈夫じゃないか、延命措置だとか、身体拘束だとか、医者はやっぱり分かっていない、分かっていない」と盛んに繰り返していた。

母がコロナに感染したことは、全く耳に入っていないようだった。

## 令和5年1月12日　木曜日

状況は更に変わった。

病院から連絡がきた。内科の担当医である。

「状況が変わりまして、胃に入るべき菌が肺に入りました。コロナと誤嚥性肺炎を併発しています。また、採取した痰に菌が混じっています。ブドウ球菌などの悪性の菌が出ています。また、採血から、身体の中がかびている可能性があることが分かりました」

（ＰＣＲ検査の結果が陰性でした、一般病棟に移りました、退院予定日が決まりました、という話ではないのか⁉　誤嚥性肺炎だ、ブドウ球菌だ、身体の中がかびる、とは何の話なのか！）

「身体の免疫力が弱まっています。全身にブドウ球菌が回る恐れがあり、大変危険な状態です」

退院の話は吹っ飛んだ。父の容態は急変した。俄かには信じがたい事態になった。ハンディフォンから漏れる医師の言葉でそれがはっきり分かった。

「一般病棟に移ったとしても、面会は臨終の時だけになりますので」そう言って医師の話は終わった。

（何言ってるんだ、この医者は？　臨終ってなんだ⁉）

重ねに重ねた年齢が、7年に及ぶ認知症との戦いが、コロナウイルス感染症が、父の体力を、免疫力を、生命力を奪い始めていた。

誤嚥性肺炎だけは起こしてはいけない、Aリハビリテーション病院で、地域包括支援センターの担当者から、ケアマネさんから今まで何度も繰り返し言われてきたことだった。

「入れ歯がなくて、全部ご自身の歯ですから、自分で歯も磨くんですから安心ですね」

口腔ケアは、誤嚥性肺炎予防策の一つとして有益だ。

ケアマネさんはいつも、「安心ですね」そう言っていた。

私は兄弟全員にメールを送った……。

（仮に父が助かったとしても、赤羽の自宅に戻ることはできないであろう、長男ならば、最後まで父の面倒を見る覚悟を決めなければならない。我々がやることは、親父を立派に死なせることだ）と送った。

誤嚥性肺炎併発の話は私にとってそれほどの衝撃だった。

しかし、誰一人として返事はしてこなかった。

## 令和5年1月6日　金曜日　朝

母は、西口クリニックでコロナ陽性と診断された。

「今日は、お母さん元気ないですね。10日くらいの入院になるかなあ、保健所から息子さんに連絡が行きますから、ゆっくり休めば大丈夫ですよ」

末弟尚武が母に付き添っていた。診察した医師は母に言ったという。

「お父さんは、T大学病院に入れてよかったですね」と。

赤羽宅で、末弟は母に付き添うことになった。

薬局からラゲブリオ、カロナールが届いた。北区保健所からパルスオキシメーターも封筒に入れられて届いた。

赤茶色のカプセルのラゲブリオカプセルは朝4錠、夜4錠飲むように指示されていた。白い薬ボトルには「注意―特例承認医薬品」との表記がある。

「出して。ほら、人差し指を出して……。ここに挟むから」

末弟はコロナウイルス感染症への対応には慣れていた。都内のコロナ病棟で応援勤務することがあったからだ。

パルスオキシメーターとは、血中酸素飽和度測定器のことだ。96％から100％ならば血液中の酸素飽和度が正常値を示している。

黒い長方形の画面に、鮮やかなブルーで97・84％の数字が表示された。％ＳＰＯ2、ＰＲbpmとオレンジ色の表示もある。

「大丈夫だ、大丈夫だよ……」末弟は、ほっとして一言発する。

「そう……大丈夫なの……」母はわずかな笑顔で答えた。

**令和5年1月8日　日曜日　朝9時**

保健所から連絡が入る。

「保健師の田村です。入院先を今、捜しています。お話があったＴ大学病院にも連絡は入れています。調整中ですが、どうなるかまだ分かりません」

**令和5年1月8日　日曜日　午前11時**

保健所から再び連絡がくる……。

「入院先が決まりました。Ｇ医科大の葛飾医療センターです。14時に民間救急車が迎えに行きますから。乗れるのはご本人だけです。付き添いはできません」

「保険証、お薬手帳、現金は5千円くらいですか、時計、カレンダー、パジャマ、シャンプー、バスタオル、ペットボトル飲料」

保健所の担当者は持参品を盛んに捲《まく》し立てていた。

私が駆けつけた時、末弟は持参品一覧をパソコンに打ち込んでいた。

赤いキャリーバッグを引きずり出し、緑革の旅行鞄を抱え出して、荷物を次々に詰め込んでいるところだった。迎えに来るまでに時間がない。

「何か足りないものあるかな？」

「携帯のシャンプーとか、飲み物とか？」

声をかける私に一瞥だにしない。

バタバタと荷造りを続けている。母は入院する患者とは思えないほど落ち着いていた。

民間救急車は、日産キャラバンをコロナウイルス感染症患者搬送用に改造した車だった。陽性患者の車椅子を設置する荷台と、運転席はパネルシートで区切られていた。車椅子を固定する後部側座席には二本のパイプが敷かれ、車内を喚気をしているようだった。

「母に認知症はないんですが、入院となると環境の変化があるので心配です」

「分かりました……。病院には伝えます。車椅子は使いますか？」

車椅子に乗って、後部からキャラバンに運び込まれた。

「ここからなら葛飾まで30分くらいです。到着したら病院から連絡が入ります」

そう言葉を残して、民間救急車は動き出した。

末弟は、走り去る車の後ろ姿に両手をあげて振っていた。

「僕は帰るよ」

家の戸締りをしながら末弟が言う。

「ああ、大変だったね。ご苦労様でした」

父も母もいない家はがらんと広く静かになった。

母が発症した6日から、8日まで末弟は赤羽宅に泊まり込んだ。

末弟の顔面は真っ赤だった。激しく咳き込み言葉を発するのもつらそうだった。アルコール消毒液を口に含み、何度も洗面所でうがいを繰り返していた。誰の目にもコロナに感染したのは明らかだった。家庭内感染である。

父が予定通りに退院してくれれば、広くなった赤羽宅に一人になってしまう。そういう事態が起きることになった。

ケアマネさんに連絡を入れる。ケアマネさんから兄に、父を広くなった家に一人にすることがないように、どう対応するのか、連絡してもらうことになった。

家庭内のことにまでは立ち入らないのがケアマネの鉄則だ。しかし、そうはいっていられない事態になった。

退院してくるはずだった父は帰ってこなかった。帰ってこなかったのだから一人になることはなくなった。

G医科大葛飾医療センターでの経過はすこぶる好調だった。認知症の発症もなく、自力で廊下の歩行訓練していると、看護師が連絡してきた。母の退院は予定より早くなった。

**令和5年1月13日　金曜日**

母親が、G医科大葛飾医療センターから、単身、コロナタクシーに乗車し帰宅することになった。

午前10時過ぎ頃に、担当看護師からコロナタクシーが出発した旨の連絡があった。街中で見かける、黒塗りのN交通のタクシーがコロナタクシーに改造されていた。緑革張りの旅行鞄、真っ赤な海外クルーズに使ったキャリーバッグ、グリーンの刺繍飾りのある手提げバッグとともに母がタクシーから降りてきた。

帰ってきた、生きて帰ってきた。父は帰らず、母も帰ってこないのではと思っていた。よくぞ戻ったものだ。母の足取りは確かだった。この母が、父を支えているのだと思い知らされた生還の日だった。

末弟も私もコロナ陽性だった。帰ったとはいえ、母は1月5日から15日までが療養期間だった。コロナ陽性者の私と末弟が赤羽宅で母の対応をすることになった。

母は、自分自身のコロナよりも父のことが心配でならないようだった。

母はいつもそうだった。自分自身より父が優先だった。最優先だった。それは父が倒れてから、より一層強くなった。父の介護は自分自身がやる、誰の世話にもならない。「赤の他人」の世話にはならない、父の老いを衰えを一番よく知るのは母のはずだ。しかし、我々ではうかがい知ることができない深い思いが、この時、既にあったのだ。

「パパはどうしてるかねえ、大丈夫かねえ」

母は父の心配ばかりしている。

G医科大の担当医には、「早く返して欲しい、早く返してもらいたい……」そればかり言っていたという。退院が早まったのではない。自ら早く出てきたのだ。

父が誤嚥性肺炎を併発し、退院が延期になったことは母も知っていた。

誤嚥性肺炎のため、父は口から栄養は取れなくなり、点滴で栄養を摂取することになった。

医師との会話を思い出した。

「身体がかびるんですか？　そんなことがあるんでしょうか？」

「痰の採取結果から、その可能性があるということです。まだ、カビの特定ができてませんが」

母に、誤嚥性肺炎併発の話はできても、身体がかびる話はできなかった。

病院から戻った母は言った。

「明日は、天気がよさそうだね。パパのシーツと布団カバーを洗いましょう」

髪は全てが真っ白になり、腰も曲がり、すり足になっている母は、家の中を歩くのすら危なかった。下を向くとめまいがすると常に言うようになっていた。風呂に入るにも必ず介護椅子を使っていた。

そのような身体になっていても、洗濯機に縋《すが》り付き、自分で洗濯機を回し、父のシーツ、布団カバーを洗濯する。

誤嚥性肺炎を併発し、点滴でしか栄養は取れない。しかも身体にカビが生えているかもしれない、その父が元気になり帰ってくるのを待っている。信じて待っている。

昨年夏以降、父の認知症の症状は明らかに進行した。尿失禁、便失禁が始まった。睡眠障害が起き、夜中に何度も起き出しては、トイレをめちゃくちゃな状態にしていた。便器の周囲は尿の海になり、リハビリパンツはあちらこちらに脱ぎ捨ててあった。

あの毎晩、毎晩、何回も起こされ、トイレ掃除を繰り返し、睡眠時間も取れない日々。気力を絞り、体力を削り、命を削る、その日々に戻ることを待ちわびている。

（どうして？　そこまで？　何故？）自問しても答えはなく、ただ、わずかでも、母の力にならねばと思うばかりだった。

「おふくろは頭がおかしくなっている、親父は元気なのだからほっとけばいい、トイレが汚れるようなことはない！　薬を無理に飲ますことない」兄はそう繰り返していた。

午後二時頃、冬の日差しが和らぐ頃には、シーツも布団カバーも乾いていた。

病院のベッドのシーツはこんなに暖かくはないだろう。太陽は母の父を思う心を映して、未だ日差しは暖かだった。

天気予報では明日から雪だという。

**令和５年１月24日　火曜日**

Ｔ大学病院より、第一連絡先に登録されている兄の携帯に電話があった。

その連絡を受けて兄は興奮していた。父が回復しているというのだ。

父は本が読める、音楽が聴ける、そういう状態になったと、若い看護士が言ったという。

兄は顔を紅潮させて、赤羽宅のダイニングで大騒ぎをしていた。

「本を持っていこう。音楽ＣＤはヨハンシュトラウスがいい。パパが好きだったからね。まさに音楽療法だな。俺が言った通りだろう」

本は、「杉原千畝とカルべ神父」、隆慶一郎の「松平忠輝三部作」をバッグに詰めている。ＣＤプレイヤーはマジックで操作方法を書いた紙をテープで張り付けている。

（馬鹿ではないか）私の眼には、余りにも浅ましい行為にしか映らなかった。母も呆れていた。

（馬鹿ではないか、親父が本を読める状態なわけがない、ヨハンシュトラウスでもないだろう、元気になるわけないじゃないか）

母も冷め切った目で見ていたが兄に言った。

「先生にパパの認知症の状態の話をしてきてちょうだい。今、何故、病院にいるのかも分からないでしょうし。どういう状態なのかよく聞いてきて、よく話してきてちょうだい。今の内科の先生だと何も分からないでしょうから。話が通じてないでしょうからね」

心配の余りとはいえ、母の話は最もだった。

父のコロナウイルス感染症は陰性となり一般病棟に移った。それに伴い主治医は変わっていた。

「馬鹿野郎！　そんなことしたら先生に失礼だろう！　医者なら分かるだろう！　失礼なことをさせるな」

兄が罵声を母に浴びせた。

何をこの男は言っているのか、医師に、正確な認知症の症状を伝えるのは当たり前のことだ。

１カ月寝たきりになれば認知症の症状は大きく進行する。それによる体力の低下、抵抗力、免疫力の低下は深刻なはずだ。今後の治療にそもそも耐えられるのか、よく話を聞いてくるとはそういうことを言ってる。

「伝えたいなら手紙を書けばいいだろう。余計なことを言うな！」

兄の罵声に、母は顔をしかめながら律儀に、便せんに手紙を書き始めた。

こんな時に、よく丁寧な字で書けるものだと思うほどに鮮やかな字であった。きちんと封もした。

「なんで！　封をするんだ……俺も読まなければ意味がないじゃないか！」

手紙には父の認知症の状態が事細かに書かれていた。

手紙の封を、引き千切り手紙を読んだ兄が更に叫ぶ。

「この程度の状態なら俺でも分かる。なんでこんなものを医者に渡す必要があるんだ！」

「馬鹿野郎！　いい加減にしろ！　ふざけるな！」

私は兄の頬を殴りつけた。母を理不尽に怒鳴り続ける兄に無性に腹が立った。思わず殴りつけたのだ。

現実が何も見えていない。自分の都合の合うことしかできない。親の面倒すらまともに看てこなかった兄が、何故、母を怒鳴りつけることができるのか。私は許せなかった。

兄も泳ぐ視線を私に浴びせて、殴りかかってきた。

母が私にすがってきた。

「パパが大変なんだよ、ママもこれでは死んじゃうよ！　何してんの！　やめなさい！やめなさい」

老いで弱り切った、介護で疲れ切った身体から声を絞り出していた。兄と私の間に身体を入れ込み、私を押しとどめてきた。

殴られた拍子に私のメガネのフレームは大きく曲がり床に落ちた。

もし、父が、昔のままの父がこの場にいれば、起きるはずがないことが起きていた。

夕刻、兄が病院より戻ってきた。

出かける際の激しさは消えて、上気した顔で別人のように饒舌になっていた。

「電話ではね、若いのが本は読めますとか、音楽もいいとか言ってたんだよ。ね、ね、だけどなんだか話が違って、状態は悪いんだって。だけどあそこの病院の人たちはいい人たちだよね。怒るらしいよ。電話と話が違うんだよ」

「手紙は渡してくれたんですか？　怒るって？」母が言う。

「手紙は医者なら分かるから、主治医は内科の先生には変わっていないらしい。怒るらしいよ」

兄の話は何も要領を得なかった。怒るらしい、怒るらしい、と繰り返す。

病院に出かける前に見た幻想と、病院で知った現実。その態度の豹変ぶりが全てを語っていた。

西病棟15階のスタッフステーションまでは行ったようだ。父に面会はできなかったという。

スタッフステーションの正面、個室の病室に父がいることはなんとか分かった。

本が読める、音楽が聞けるどころではない。

一番危険な容態の患者を入れるのが、スタッフステーション正面の個室だ。兄はそれすら判断できなかった。

持ち出した本、ヨハンシュトラウスのCD、CDプレーヤーは、汚れた父の寝間着、下着と一緒になって戻ってきた。

**令和5年1月25日　水曜日朝　寒波襲来**

10年に一度の大寒波が日本列島に迫っていた。

昨日、T大学病院より持ち帰った父の寝間着、下着が既に洗ってあり、クリーム色の洗濯桶に入れて階段に置いてあった。

今朝の寒波は頭を貫くようだ。元日から起きている現実の数々を、冷気が脳裏にしっかりと、一枚一枚焼き付けていった。

二階のバルコニーの二本の物干しざお、手前の一本目に父の寝間着を通した。先の一本には大きなパンツ二枚とシャツを干す。

寝間着の縁が固い、何故か固くなってくる。

ああ……凍った、凍った……パリパリともなんともいわずに、干す先から凍り付いていっている……。

「親父のパンツが凍っちまったよ。もう帰ってこれないのか、凍っちまったらはけないだろうに」

## 令和5年1月30日　月曜日

ケアマネさんの定期訪問が、10時半からあった。父は要介護2なので、毎月1回定期訪問があった。

父は入院していたので、本来ならば、在宅ケアマネの定期訪問は中止になるはずだった。母の様子を気にかけてくれて訪問があったのだ。

自転車が止まる。馴れたもので我が家の壊れかけた、玄関シャッターのレバーをパッパッと開けて、ケアマネさんが入ってきた。

「おはようございます。寒いですね……。お母様のお加減はどうですか？」

父の書斎で面談が始まる。

「みんなが入れ替わり立ち替わり顔出してくれます。父親と母親の場合では、だいぶ面倒の見方が違うようですけどね。だけど、夜は一人になってしまうから……」

「夜、目が覚めて、隣が気になって襖を開けるんですよ。畳しかないでしょう、ああ、いないんだなあ、と気づくんです。夜は、3回、4回と気になって起きてしまいましてねえ」

母の言葉は寂しい。父が病院にいて負担が軽減されるから、夜、眠れるようになるわけではない。寧《むし》ろ逆だ。

「お一人の寂しさに慣れていただかないといけないですね。お一人になると急に食事をしなくなったり、気力が落ちたりすることがあるんです。十分気を付けていただかないと」

父を支えることが、母自身の支えにもなっていた。父が倒れて一人になれば、母も一遍に弱ってしまうだろうとケアマネさんは心配していた。定期訪問にいつも同席しながら、そんな簡単なことにも気づかなかった。

「T大学病院のお父様はどんなご様子ですか」ケアマネさんが聞く……。

「医者の話だと、点滴でしか栄養は取れないみたいです。問いかけに反応はあるらしいですけど、ほとんど寝たきりみたいで……。口から食べられれば、リハビリ病院にT大学病院から転院させるとは言ってましたけど」

「病院に、お任せするしかないですね。歩けるのかどうか、口から食べられるとはいっても、飲み込むことができるだけなのか、自分で食べられるのか、スプーンで持っていってやらないといけないのか、リハビリ病院に移ることができても、リハビリ期間は、3カ月しかいられないですから、その間に、ご自宅に戻れるかどうかです」

ケアマネさんは続ける……。

「リハビリ病院に移ったら、そこで調査員の認定調査を受けたらどうでしょうか。今回は要介護３か４になると思われますから」

「要介護３で特養ですね」

「北区の特養の申し込み期間が、２月１日～３月31日と８月１日から９月30日と期間は二回あります。介護申請の結果を３月31日まで待って、特養の申し込みをしたらどうでしょうか、２月１日には、包括センターに申込書が並びます。申し込んでも入れるのは、早くて半年後でしょうか」

「そうですか……31日まで待てばいいですか」

３月末まで待てばいい、そんなことをぼんやり考えていた。それまでに特養を探して、手続きを進められるようにしておけばいい……それでいいのか……何か呟きが聞こえるようだった。

「区内の特養というと？」

「Nが丘か、桐ヶ丘のYぶき荘か、Zさい荘か」

「父は　昔、Zさい荘の視察だとか、見学だとか、言ってたことがあるような気がするんですが。違うかなあ」

北区には、特養、所謂、特別養護老人ホームが11施設ある。

特養入所の要件は、「身体上、精神上に著しい障害があるため常時介護を必要とし、居宅での介護が困難で要介護3以上と認定されている者」とされている。

特養は、医療機関ではないので、原則、医療行為はできない。

しかし地域包括支援センターで入手した「特別養護老人ホーム令和5年度前期入所案内」によれば、施設によっては、「経鼻栄養」、「痰の吸引」、「在宅酸素」等、対応できるところもあるようだった。

特養に入れれば最後まで看てもらえる。終末は、特養なのか長期療養型病院なのか、家族は選択を迫られるようになる。

この時、私の頭の中には、特養だろうという考えしかなかった。ましてや、長期療養型病院などというものの名前すら、存在すら知らなかった。

（3月末ならなんとか間に合うだろう……）

漠然とした淡い望みの中で、そんな思いにとらわれていた。

母が言う……。

「主人は、社会福祉事業団の理事でしたから、北区から感謝状も貰っているんです」

北区が設置した福施施設の管理運営を受託しているのが、社会福祉事業団だ。事業団の理事であれば、Zさい荘を見学に訪れていても何らおかしくはなかった。

神棚に上げていた北区からの感謝状、クリーム色の封筒に入った感謝状を母が下し、ケアマネさんに見せていた。

## 令和4年3月1日のこと

事業団の理事長とお供の課長が、大きな紙袋を持ってやってきた。

父の尿失禁が顕著となり、トイレの便器の周囲に新聞紙をはさみで切って敷いたり、ペットシートを敷き詰めたりしだした頃だ。

「先生は、創設以来の理事をしていただきました。長い間、お世話になりました」

恰幅のいい理事長が頭を深々下げていた。

「こちらを」とお供が紙袋を差し出す。

在任期間の規定により、お役御免となるため、理事長自ら挨拶にきたのだ。

あの理事長は「先生」が認知症であるとは分からなかっただろう。

「私ももう長くはないから、もうお役には立ちませんなあ」鷹揚に答える父。

「いえいえ、先生にはまだまだ、ご活躍いただかないと」と頭を振って答える理事長。

この書斎でのやり取りだった。その時の感謝状だ。

理事を長く務めていた、弁護士先生が特養に行く。あれだけ人から「先生」「先生」

といわれ、尊大な態度を取り、横柄に受け答えしていた父だ。その父のために、今、特養入りの申し込みを検討している。

ケアマネさんは、私の表情から何かを感じたのだろう。

「老いとはそういうものではないでしょうか」そう言った。

「そういうコネがあれば、それでご家族は対応されたらいかがでしょうか」

この言葉に私は驚いた。ケアマネさんとはこんなこともいうのだと思ったのだ。

それだけ特養の順番待ちというのは厳しいということか。申し込んでも、入居が決まるのは早くて半年先だという。

「コネを使えば……」などと言えば、父が勢いある頃ならば怒鳴りつけられ、張り飛ばされるところだ。

「しょうがないんだよ。誰だってそうなるんだよ。親父は沖縄で死んだんだよ」

弟の声が聞こえるようだった。

コネは確かにある。父は区長とも懇意であった。区長にでも、理事長にでも頼み込めばどうにかなるだろう。世間とはそういうものだ。

立派な肩書も、「先生」と呼ばれる立場も、如何に立派な信念を持っていようとも、老いの前には無力だった。

誤嚥性肺炎を併発した症状は一進一退だった。症状が落ち着いても、再発する。その繰り返しだった。口からは栄養が取れない。末梢静脈からの点滴では十分な栄養補給ができない。

経鼻胃管では、補給する栄養が逆流して誤嚥性肺炎繰り返しの原因になる。口から栄養が取れなければ、嚥下訓練のリハビリもできない。

功労のある理事であっても、コネがあっても何ら意味がない事態にどんどんなっていくしか道は残っていなかった。

# 第3章　小雪残る街へ

**令和5年1月31日　火曜日**

　職場にいる私の携帯がピカピカと鳴った。母だった。携帯液晶画面の点滅は心臓に悪い。何事か起きたかと思う。

　今日は、兄がT大学病院に行っているようだ。

「何度も繰り返し、家族から電話での問い合わせが来て困っている」と病院で言われたらしい。

「母が、取り乱して見境なく連絡している、他の者はそのようなことはしてもらっては困る、控えてもらいたい」とメールを兄弟間に流してきた。

　母は、私が父を心配する余り、何度も病院に問い合わせの電話をしていると思ったらしく、電話をしてきたのだ。

そのような判断をして電話してくる母が、取り乱し見境なく病院に連絡を入れるはずはない。おかしな話だった。

確認すると誰もが、病院には連絡していないという。

病院からの第一連絡先は長男になっていた。第一連絡先をやると、本人が買って出たのだ。

ただ、何ら機能はしていない。病院からの連絡があっても本人につながらない、病院からの情報が正確に家族に伝わらない。そのような状態だった。家族が混乱して見境なく、病院に連絡してもおかしくない状況を、兄が作り出していた。

今、父はどうしているか、誰もが正確なことを知りたかった。父の帰りを信じる母が、父の様子を知りたいのは当然だった。

しかし、病院から伝わる情報は、誰もが知りたくない情報ばかりであることは、誰もが知っていた。

今まで何も、父親の面倒を看なかった兄が、何やら必死に動いているようだった。

現実を見ようともせずに、あの老教授の言葉のみを支えとしてきた兄が、病院の対応に既に行き詰まり、壊れ出している……誰もがそう感じていた。

父の主治医が、内科の医師から、腎臓内科の上田医師に変わっていた。自宅にも医師本人から連絡が入った。主治医が急に若い医師に代わった。

兄が、タオル、寝間着、マスクなどを持ち父の面会に行った。

その際、新しい主治医から今後の病院側の対応について話があった。

「私が今日から担当になる上田です。よろしくお願いします。御年齢を考えれば、点滴だけで、1カ月過ごすのはいくらなんでも無理です。

通常なら2週間が目安です。2週間で体力がある程度回復し、口からの食物摂取の訓練をして、口からの食事に切り替えていくんですが、なかなか体力も戻らず点滴で経過を見てきましたが、口からの摂取は、もう難しいと思います。リハビリをしても美味しいと思って、食事をとることはもう難しいでしょうねえ」

兄は、医師の言葉にただ頷くしかなかった……。

「呑み込むことができないので、鼻からチューブを入れて、栄養を直接に胃に入れる処置がありますが、どうでしょうか？　やりますか？」

誤嚥性肺炎を併発し、口から物を摂取することはできない。

「発熱があります、抹消血管からの点滴でしか栄養が取れません」といわれたのは1月10日だった。

新しい若い医師が担当になった時点で、22日は経過していることになる。

## 令和5年1月31日　火曜日　夕刻

聞きなれない名前の医師から直接連絡がきた。

「血圧が急激に下がっています！　緊急です！　重篤な状態に急変しました」

「え？　なんで？　なんでそんな話に？」

「アナフィラキシーショックだと思われます。呼吸困難、痙攣が起きています！　直ちに、宿直チームで対応しますので」

この時、肺炎治療のためにバンコマイシンが点滴注射されていた。黄色ブドウ球菌による肺炎だった。抗菌剤投与の結果、血圧が急激に低下した。

黄色ブドウ球菌という悪性の菌が痰から検出された、身体中にブドウ球菌が蔓延する恐れがある、大変危険な状態だとの話は既に聞いていた。

「抗菌剤を使用すれば、状態は安定するかもしれません」医師の話だった。

抗菌剤でブドウ球菌を滅菌しようしたが、父の身体はその抗菌剤を受け付けなかった、抗菌剤が効かないということだ。

アナフィラキシーショックとは、急性のアレルギー反応の一種だ。

エピネフリン、抗ヒスタミン剤が宿直チームにより投与された。父の容体はこの時は安定した。

しかし、誤嚥性肺炎による高熱は下がることはなかった。黄色ブドウ球菌は身体を次々と侵し始めた。抹消静脈からの点滴では栄養をこれ以上取るのは不可能だった。免疫力などどんどんと失せていく一方になった。

新しい主治医の上田医師から、鼻からチューブを入れて、栄養を直接に胃に入れる処置「経鼻胃管」の話があらためてあった。

医師の話ぶりには自信が満ちているように思われた。

「鼻からチューブを挿入して胃にまでもっていく方法があります。経鼻胃管、イレウスチューブといいます。口から栄養を取るのはもう無理でしょうから、栄養や薬剤を直接、胃に入れるんです」

「そうですか。是非、お願いします」兄は即答した。

潤滑剤を塗り、チューブを鼻から挿入した。鼻翼、頬の部分にテープでチューブは固定された。

先ずは、鼻から水分を投与する。だんだんと栄養分を入れていくようにする。胃に直接栄養が到達するのだから、抹消静脈の点滴とは異なり、その効果は大きいはずだ。

兄のいつも通りの要領を得ない話が、赤羽宅にもたらされた。

点滴ではもう十分な栄養補給ができないから、別の手段方法を取るらしいことは分かった。しかし、その内容が母には上手く伝わらなかった。

「けいびいかん？」

「経鼻チューブを使うとは、それは延命治療ではないの？　パパはそんなものは望まないよ。なんでそのようなものを頼んできたのか？」と母は兄に詰め寄った。

兄はいきり立った。

「元気を付けるための処置なんだ。延命治療だとはなんだ！　何も分かっていない！あの先生はいい先生だ！　おふくろは頭がおかしくなっているんだ！」

**令和5年2月2日　木曜日**

チューブは無事挿入された。これで状況は好転するはずだ。

「元気を付けるための措置だ！　延命治療などではない！」その言葉を母、兄弟皆が信じようとしていた。

若い主治医は慎重に、バイタルサインを測定し、全身の状態を確認した。

微量な水分の注入から始まった。状態は安定しているように見えた。

「よし、上手くいく！　次だ！」

栄養分の投与に移行しようとした。微量ずつ注入を開始する……。

その時、栄養分がチューブを逆流した。

「逆流します！」

濃い栄養分を身体が受け付けないのだ。直接に胃に栄養分を届けるはずだった。しかし、身体が注入することそのものを拒否したのだ。

栄養分は胃に届かなかった。

経鼻胃管から静脈点滴に戻る、点滴から経鼻胃管に戻る。栄養分を届けようとする、身体が拒否する。身体の負担が少ない方に、その都度、その都度切り替える。その繰り返しになった。栄養補給はできていないのだ。

**令和5年2月2日　木曜日**

医師から、大学病院からリハビリ病院に転院するよりも、長期療養型病院への転院を勧める話が出てきた。

栄養補給が上手くできない、衰弱する一方なのは、如何に目を背けても理解できた。特養しか頭になかったところに、いきなり長期療養型病院の話が出てきた。北区11施設の特養の中には、点滴、経鼻胃管に対応できる施設が数か所はあったはずなのに。

急遽、家族に5分間の面会を認めるという話も出てきた。

若い医師に主治医が変わってから、動きが急に激しくなってきた。何かが動いている。我々が考えている以上の何倍ものスピードで事態は動いていた。

「上田先生はえらい！　えらいぞ！　面会ができる、会えるぞ！」

兄は再び勢い込んでいた。

**令和5年2月5日　日曜日**

T大学病院の1階フロア……。元日以来である。あの時は異様なほど静かだった。日曜日である今日も、また静けさの中にあった。

1階フロアは、採石場の坑内のように、石柱が並立していた。坑内に入坑したように足音が反響した。あの時はこの石柱は眼に入らなかった。

1階カウンターで受付手続きをする。「15階の1511号室〇〇の家族です」受付事務員が15階、スタッフステーションに連絡を入れている。

「三人ですか」

「あと、もう一人は、車入れてから来ますから」

母、兄、弟と私が病院に赴いた。末弟は来なかった。

「では、これを」

受付事務員が無愛想に差し出してきた。

ぶらぶらじゃらじゃらと、カードホルダーの束が目の前を揺れる。

ブルーのストラップ、「緊急面会者カード」である。

医師が面会を許したのに、カードには「緊急面会」と記載されている。

「あちらをまっすぐ進んでもらって、エレベーターで上がって……」

靴音が反響するフロア、灰白色リノリウムの床、下半分は優しい木調の壁、中段に手摺が付いている。

（あ！）すり足になり、歩くのもつらいはずの母の歩みがなんと確かなことか。こんなに歩けるのか！

元日以来、会えなくなった父である。意識はあるのか、会話ができるのも分からない父である。それでも会うことができる、声をかけることができる、その思い一つが母の歩みを確かなものにしていた。

「なんだ、そんなに歩けるんだ」

心無い兄の言葉だった。

たった一人で父を支え、介護を続けた母だ。倒れても、這ってでも父のいる病室に進むであろうことが兄には分からないのだ。

西病棟15階、スタッフステーションの正面、１５１１号室に父はいた。

スタッフステーション脇の待合室に通された。順番に面会することになった。母、弟、私、兄の順番である。

私の順番になった。看護師に付き添われて室内に入る。

入室前、スカイブルーの薄手の医療用オーバーウェア、衛生手袋をつけさせられた。

父がベッドに横たわっていた。その姿は何も変わらないよう見えた。

「久之です。分かりますか、久之です！」

声をかける。

「あ、痰が」後ろにいた看護師が声を上げた。

「痰が絡んでいるかもしれません。痰の吸引しますから、後ろに下がっててください。飛びますから」フェイスガードを深く下げながら看護師が言う。

白いカーテンが引かれて、入口ドア近くに押し戻される格好になった。

「口開けてください。声出せますかああ」

シュウシュ、ジュジュ、ジュジュ……。機械音がする。

「いたあ……、いたあい、痛い……、ああ」

元日以来、1カ月ぶりに聞く父の声だ。なんて声か……。痰の吸引が終わった。

「はい、大丈夫です。では、どうぞ。この時間で5分間です」

看護師が出ていった。あらためて、ベッドの父に声をかける。

変わらないどころでなかった。あの元日、フィンランドセーターを着ていたときよりも明らかに痩せ細っていた。

顔、手のひら、身体のあちこちに茶褐色の斑点、痣ができていた。1カ月寝たきりになっても、この程度なら、大した生命力なのかもしれない。

「久之です。分かりますか、久之です」

「ああ、あうう……」

掠れるような呻り声だった。私の姿を認めて手を振っているようだった。痣だらけの干からびた手だった。

父が痣だらけの手をゆらゆらと振った。

うっすら眼を開けて私を見ている……。会話はかろうじてできるようだ。

声は唸るように掠れるばかりである。余りにも力がないが、会話は成り立っている。

「全く！　正月に倒れちゃああ、餅も、おせちも食べてないでしょう、早く帰ってこなきゃあ……。おせちは俺の手づくりなのは知ってるでしょう！　分かってるでしょう……」

「あり……がとう。ありがとお……」

「疲れたあ……疲れたから高いとこにいく」

ゆらゆら指を天井に向けた。父は確かにそう言った……。

「そうですか、高いところに行きますか？」その言葉に答える。

「まだ、がんばる、まだ、がんばる」

掠れるような声であるが、確かにそうも言った……。

「なんか食べたいものありますかあ！　なんか作って持ってくるから、また、粉ふきいも作るから！　また、作るから、聞こえますか！！　聞こえる！　まだまだ、おせちも作るから、餅も食べないと！　餅は大きく切るから！　好きでしょう！　聞こえる！」

父は手をあげて、痩けた頬の上の目元にふれた。ふれたように見えた。父はすっと、涙を流したのだ。

「ありがとうう」私の耳にはそう聞こえた。確かにそう言った。

面会時間は５分。傍らのモニターに表示された心電図の数字は、入室時は42だったように思う。

「まだ、しっかりしないと尚武が待ってるから、頑張らないと……」

「たくさんで行ってもしょうがないよ……。そんなときじゃあないよ、僕は留守番してる、掃除してるから」末弟はそう言って面会には来なかった。

「まだ、がんばる。まだ、がんばる……」

父は再び言った。

傍らの数字は、46になっていた。

気づいた時、私は父の手を握っていた。父の手を擦っていた。

この手で私は幼少の頃から、何度も殴られた。横っ面をいくどとなく張り飛ばされた。その手を私は握っていた。その手を何度も擦っていた。どんなに握っても、何度擦っても応えてくる力はなかった。

沖縄の病院に駆けつけた時、Aリハビリテーション病院に面会に駆けつけた時、あの時とは明らかに状態は違っていた。ここまで容態は悪かったのだ。

病室を出てスタッフステーションの脇を戻る。ぼんやりとする目に、天井から二つのクリップで留められた案内表示板が映った。

大きく赤い字で「面会禁止」とある。

『新型コロナウイルス感染症に弱い患者を守るために、面会を禁止している』と記載されている。そのような中で、特別に面会が許された。緊急面会だった。

家族の面会が許された日曜日は暖かかった。

**令和5年2月8日　水曜日**

主治医から、今後の治療方針について、説明をしたいと連絡があった。嚥下障害があり、痰の自力での排出もできない状態になっていた。「経鼻胃管」による栄養分注入を、抹消静脈からの点滴を、このまま交互に続けても十分な栄養分は補給できず、衰弱の一途を辿るしかない。

面会を許した若い主治医が説明する……。

「多少は太めなものになりますが、カテーテルを首か、足の付け根部分から太い静脈に刺し、濃い栄養を直接入れるんです。超音波ガイドに従って挿入していくので、近くの大動脈を傷つけるようなことはありません」

「今は、通常の点滴だけで栄養補給をしているので低栄養なのは明らかです、これをやれば、今より濃い栄養分を入れるのですから、体力回復が見込めます」

医師の言っているのは「中心静脈カテーテル留置」のことだった。

提示された「中心静脈カテーテル留置説明書」によれば、病名は「低栄養」、病状は「誤嚥」と記載されていた。

挿入部位は、首から内頸静脈か外頸静脈、足の付け根部分から大腿静脈、何れかから直接、カテーテルを挿入する。

第一候補は、頸からの挿入だという。

医師の説明を聞いたあと、「中心静脈カテーテル留置説明書」の説明事項に目をやった。何故、中心静脈カテーテル留置が必要なのか？「医療行為の必要性・目的」欄に二カ所チェックが入っている。

『①経口摂取あるいは経腸栄養（経管栄養）ができず、長期の静脈栄養管理が必要なため、②静脈確保が必要でかつ末梢静脈が確保できない、または極めて困難なため』

平易な言葉で説明されようと、難解な説明書きを読もうと、残る手段はこれしかないということは理解できた。

「栄養が付けば、ある程度の回復は、見込めるとは思います。しかし、嚥下障害による誤嚥性肺炎発症の繰り返しの予防、痰の自力での排出ができるようになる可能性は、ゼロとは言いませんが、極めて低いとしか言えません。逆にですね、カテーテル挿入後、感染症にかかるリスクは高くなります。本人にこれ以上の苦痛を与えてまで、治療を続けるのかどうか……、ご本人の意思、ご家族のお気持ちですか、ご意見を伺いたいんです……」

「カテーテル挿入は危険があるんでしょうか」

「カテーテルを入れる措置は、やはり若干の苦痛と危険を伴います……」

「お父様に確認すると、あまりやろうとする意欲はないように思われます」

本人の意思がどこまで確認できるのだろうか……。

「経鼻胃管のときも、施術の時は相当に嫌がっておられました」

「え？　本人はやります！って言ったと聞いてますけど……」

「そんなに本人が嫌がることをやって、苦痛を与えてまで、カテーテルを入れて、体力を回復させても、ゼロとはいえないですが、誤嚥性肺炎解消の可能性にかけて、体力の回復を目指しても、それが本当に良いことなのか、医者としても判断しかねます……」

あの5分間の面会の日、父は「まだ……、がんばる。まだ……がんばる……」と言っていた。

これが本人の意思なのか。

まだ、がんばるのか、頑張らせるのか、家族の同意とは何なのか。

「やればいいんじゃないの……」母が言う。

兄弟の間にメールが飛び交った。

「ママが賛成しているならそれでいい」

「やればいいじゃないか！」

「13日まで待つ必要ないだろう。上田ってのがいないなら、別の医者がやればいいだろう」

母は、経鼻胃管のときとは異なり、「延命治療ではないのか？」とは言わなかった。

私はこれこそが延命治療であろうと思ったのだが……。

**令和5年2月9日　木曜日**

「医療行為の同意・申込書」に兄が署名し、病院に提出してきた。

「先生の話はどうでした？　ちゃんとお願いしてきたんですか？」と母。

病院より戻った兄は、封筒を玄関先に放り出した。

「そこに説明書きと同意書が入っている!!　読みたきゃ読めばいい！　読めなきゃあどうしようもないけどな！」

リスクを伴う、家族の同意を求めるといった施術である。母が心配するのは余りに当然のことだった。

「延命治療ではないのか」とは言わなかった母だ。母には何かしらの覚悟ができていたのは間違いなかった。

**令和5年2月9日　木曜日**

処置室……。挿入部位は右内頸静脈に決まった。超音波エコー画面はベッド左側に、執刀医は右側に立つ。挿入部位が広く消毒される。皮下浸潤麻酔が行われる。静脈を穿刺《せんし》、ガイドワイヤーを通して、中心静脈カテーテルを挿入する。カテーテルを皮膚縫合するまで時間はかからなかった。カテーテルは無事挿入された。

**令和5年2月10日　金曜日　雪**

朝から雪が降っている。前々から関東にも大雪が降るという報道があった。

昨日、父に中心静脈カテーテル留置の施術が行われた。経過は良好だと執刀医から連絡もあった。

私は疲れ切った身体とともに、自分の血圧、コレステロールの薬を貰いに西口クリニックに向かっているところだった。

雪の降る弁天通リ、バス通りは閑散としている。

いつもは混んでいる待合室も空いていた。

役所広司似の院長先生は不在。新村医師の診察をお願いした。

「○○さん、1番にどうぞ」

西口クリニックには、診察室が1番、2番とある。

自身の診察は簡単に終わり、薬の処方はいつも通りに決まった。

「先生、チョット聞きたいんですけどね。首から入れる静脈カテーテルって、延命治療ってやつですよね？」思うところを新村医師にぶつけた。

医師は小首を傾げた。

「いや、それは違いますね。お父さんのことでしょう？　息子さんは、どうしてここまでやるのか、どうしてこんなことまでするのかと考えるんですよね……」

「末梢静脈からのカテーテルでは限界があるんです。水入れたり、生理食塩水入れたりでは、そう、2週間が限界です。濃いのを入れないといけません。まだ、できることがあれば、やろうとするのが医者です。医者の務めです。ご家族に話すのは当然でしょう」

「いいですか、癌になって、治療法がないのにカテーテル入れるのとは違います。生きさせるのとは違います。生きさせるのと生きるのは違うでしょう。中心静脈カテーテルは、当然にやるべき措置で、リスクが大きいわけではないです」

新村医師は、淡々と穏やかな口調で説明してくれた。メタルフレームの中の穏やかな眼差しはいつもと何ら変わらない。

「家族の同意を取るのは当然ですね。末梢の点滴ではなく、侵襲の程度は低いとはいえ、首の大静脈から胃に挿入するのですからね。それを続けるかどうかは、ご本人の意思とご家族の考え方でしょう。やめれば栄養がとれなくなるんですから、亡くなります」

「今までの考え方ですと、胃瘻を身体に設置して、栄養取ることが主でしたけど、そこまでして生き続けるのはどうなのか、との議論があって、今は、カテーテルが主なんです」

中心静脈カテーテル留置は、延命治療ではないのだという。長年、お世話になっているホームドクターだ。信頼の置ける医師の言葉だ、納得できる説明だった。医師の世界の常識ではそうなのだろう。

しかし、口から栄養が取れず、抹消静脈では濃い栄養分は取れない。経鼻胃管では身体が受け付けない。だから特別の措置を取るのではないか、自力では摂取できなくなった栄養を人工的に取るのだから、広い意味では延命治療なのではないか、そう思うのが普通ではないか……。

美容院が1階フロアに入っている西口クリニックビルを出る。

雪は降ってはいなかったが雲が低く垂れ込めている。バス通りは寒かった。こんな寒い中、カテーテルで栄養を取ってるのか、大学病院の病室が寒いわけがなかろう……せめて、暖かい部屋なのだと思いたかった。

血圧とコレステロールの入った薬袋を手にしてふらふらと歩き出した。人はいつか死ぬ。俺だって血圧が高くて、血管が破裂して明日には死ぬかもしれない。この薬飲むのも延命治療ではないか……。

目の前に、母の真っ白な髪で覆われた頭があった。丸まった背中を、更に丸めて、新聞を読んでいた。

父にとって新聞は、何年も前から曜日を確認する道具になっていた。曜日は分からない時間が分からない、薬を飲むことさえも分からなくなった。認知症の症状であることすら理解しようとせず、皆が父を笑い飛ばし、罵倒するようになっていった。最後は誤嚥性肺炎を起こし、寝たきりになると教えられていたことを誰もが忘れていた。

父の姿を思えば、新聞の紙面を追いかける姿は頼もしかった。しかし、老化現象で認知機能が落ちたとはいえ、理解力を維持している事は、次々起こる現実を理解できるということであり、それは悲しくつらいことでもあった。

「パパはどうしてるだろうかねえ……。カテーテルというのは上手くいってるのかねえ……」

新聞から離した顔には、皺が深くいく筋も走り、疲れ果てた表情は痛々しかった。

私の目の前には、「中心静脈カテーテル留置説明書」があった。兄が放り出していった説明書だ。

「7・医療行為に伴なう危険・合併症・後遺症」の項目が目に留まる。21個のリスク要因が記載され、全てに☑が入っている。

「リスクが大きいわけではないって、新村先生は言ってたが……」

（アナフィラキシー、局所麻酔に対するアレルギー反応による呼吸困難や血圧低下、意識障害が起こることがあります。極めてまれに心停止をきたすことがあります）

（感染（4・4%）、留置中のカテーテルを介して細菌などが体内に入り込み、刺入部の感染や敗血症をおこすことがあります）と羅列している。

（あなたにこの医療行為を行った場合、生命の危険は（0・01%）未満と予測されます）との記述もあった。

「中心静脈カテーテル留置自体には、危険はないんだろう。感染症、アナフィラキシーってのは気になるが……」

「上手くいってるよ。話ができるようになるって。大丈夫だよ」

「そうかねえ……」何の根拠もない私の言葉に、母が言葉を小さく添えた。

**令和5年2月11日　土曜日　深夜**

「寒いなあ、今晩も」

赤羽宅から自宅マンションに戻る夜、23時過ぎ、ポストに大きな白い封筒が、引っかかっているのが、闇の中に見えた。

「あれ？　これ、この大きさ……」

ゴソゴソ、ガバガバとポストの中から、白い封筒を引っ張り出す。大きなサイズの封筒だから引っかかるのだ。

見慣れたスカイブルーのロゴマーク、アルファベットの横文字、PACIFIC VENUSと印字されている。

「あ……PACIFIC VENUSだ」思わず声を上げた。

「ぱしふぃっく　びいなす」は、１９９８年4月12日に就航した日本で一番新しい客船だった。

5階から10階にかけて客室が配置されている。全ての窓からオーシャンビューを楽しむことができる豪華客船だった。

就航以来、8回の世界一周クルーズを行ってきた。そのうち2回、両親は世界一周クルーズに乗船している。

B4サイズの封筒に入っていたのは、「びいなす倶楽部会員誌、ふれんどしっぷ」だった。

（夢航海、24年間のありがとう）と見開きのページにあった。

**令和4年12月27日**

ぱしふぃっくびいなすは、神戸ポートターミナルを静かに離れて、24年間のラストクルーズに出港した。新年を迎えて1月4日に、神戸の港に入港した。

「もう一度船に乗りたい、船に乗りたい」

父は病院のベッドで言うことがあった。

しかし、今の病院にいる父は、言葉を発することもできなくなった。

もう船に乗れるはずもない。そして今、乗る船もなくなった。

湯島の通商事務所で私の携帯が鳴ったのは、平成30年春の南西諸島島めぐりクルーズに参加していた時だった。

# 第4章　春遠き千住へ

**令和5年2月10日　金曜日**

T大学病院から連絡がきた。佐山と名乗るソーシャルワーカーだった。

「転院先が見つかりました。千住のS会病院です」

先方の病院のソーシャルワーカーを紹介され、連絡を受けた兄は、早々に連絡を取った。S会病院の見学予定日を14日に設定した。

中心静脈カテーテル留置は始まったばかりだ。確かにカテーテル留置は成功したとは聞いた。

「慎重に経過観察します。2、3日経過してから感染症が発生する可能性がありますが今の経過は大変順調です」と病院は言ってきたばかりだ。

いくらなんでもこの段階で転院させるだろうか？　何故詳細を確認しないのだろう？

病院内で行き違いがあるのではないか。

転院先が決まった話を聞き、母は驚愕した。

家族の同意が必要だと言われた、中心静脈カテーテル留置の処置が終わった翌日の話だ。

「いくらなんでも、早すぎるだろう」

「おかしいよね。医者の話がちゃんとソーシャルワーカーに伝わっていないんだと思う」普段は暢気《のんき》な弟も暗い声で言った。

中心静脈カテーテル留置の施術をする前に、佐山ソーシャルワーカーからは、医師より指示を受けたので、長期療養型病院を近隣地域で探すとの連絡があったのは確かだった。

その後に、中心静脈カテーテル留置の施術が行われ、経過観察するといった期間に、ソーシャルワーカーが、転院先候補が見つかったと連絡してきたのだ。

**令和5年2月15日　水曜日**

T大学病院より連絡があった。

「中心静脈カテーテル留置のその後の経過観察をしています。痰が絡んだり、血圧が急に下がったりはありますが、経過は大変良いと言えるでしょう。安定しています」

主治医は、口から栄養を摂取できない、摂取させようとしても誤嚥を起こし、肺炎を繰り返す状態では、嚥下訓練のリハビリなどはとてもできない。リハビリ病院ではなく、長期療養型病院に転院すべきだと、あらためて話してきた。

「転院の話は、ソーシャルワーカーにも話してありますから、話は進めてください」

医師はそうも言った。

「転院の話？　医者はなんでそんなに話を進めようとするのか？　話がやたら早く進むじゃあないか」私には到底理解ができなかった。

転院を勧める上田医師から、重ねて話があった……。

「カテーテルも無事に装着できました。痰が絡んだり、血圧が下がったりはしますが安定してます。転院は可能です」

「そうですか、ありがとうございます。安定してますか」

兄はただ、喜んでいた。

医師は続けた……。

「こう言うとご家族から、『病院から早く追い出すのか』と言われることがありますが、そうではありません。長期療養型病院の方が手厚い看護をしてもらえますから、そういう状態です。安定してます」

S会病院は長期療養型病院というらしい。

そのような病院の存在を初めて知った。

特別養護老人ホームに転入するという話はもともとなかったのだ。

「上田先生はいい先生だ。『T大学病院から追い出すのではない。長期療養型病院の方がいいのだ、適材適所なのだ』とはっきり言っていた」と、兄は家族にメールを送った。

大学病院の若い医者は内心ほっとしたのではないか。

なんと理解力のある家族なのか、なんと立派な長男なのかと思ったのではなかろうか。

勿論「追い出す」という表現は正しくはないだろう。

しかし、入院期間が３カ月を過ぎれば、病院の入院診療点数は大きく減ってくる。病院の利益が減る。病院は慈善事業をしているのではない。大学病院は特に経営が厳しいのは誰もが知るところだ。

また、急性期病院であれば、急患のためにベッドは空けて置かなければならない。90過ぎのじいさんに何時までも、スタッフステーション正面にある個室という、ドル箱を占拠されては経営が成り立たない。

病院は、若い医者に経験を積ますために、父の担当医としたのだろう。

「え！　若い先生に代わった！」そう言って顔色を変えたのは、私が長年、世話になっている心療内科医だった。

医師は、病院の指示を受けて、急遽、家族の面会を許し、治療拒否と言われないように、後々のトラブルにならないように、中心静脈カテーテル留置の措置をした。追い出すのではない、転院のための下準備を急いのだ。

「こういうとご家族から、『病院から早く追い出すのか』と言われることがある」との文面をどのような気持ちで兄は作ったのだろう。私がそう言って憤激するであろうと考えたのではないか。

そもそも医者が「追い出します」、と言うわけがない。この時、医者はもっと家族の覚悟を求めるような内容の話をしたはずだ。

中心静脈カテーテルの装着が成功しようと、父の容体を一番よく知るのは主治医だ。病院のルールにのっとり適正な判断をしたということだ。しかし、家族の思いは違う。医師の判断がどれだけ正しくとも、どれだけのことをしてくれても、メールの文面がどのような内容であろうとも、ただ、虚しくつらく呆然とするばかりだった。父は追い出された。

## 令和5年2月14日　火曜日

S会病院は、足立区の千住桜木にあった。

「長期療養型病院とは何だろうか？　既に、治療の施しようもない患者を、放り込む収容所のようなものか……弁護士先生をしていた父は、最後、そのようなところで死ぬのか」

私は暗澹たる思いだった。しかし、母の思いは変わらなかった。父の帰りを信じて待っている。言葉は少なくともその思いは伝わってきた。

「足立区では遠いねええ。洗濯とか着替えとかどうするのかねえ……」母の心配は尽きなかった。

「T大学病院のソーシャルワーカーは、北区、板橋区、足立区の範囲で探してくれた、いいところに決まっている！　贅沢言うな！」

兄が罵声を母に浴びせていた……。

帰りを待つ母の気持ちを思えば、贅沢言っても言い足りないだろう。

「見学には、14日に行くから。雰囲気を見てきたらいいんだそうだ」

「誰が行くの？　弟たちに連絡はしたの？」

「俺が行く！」兄は一人いきりたっていた。

**令和5年2月14日　火曜日　16時**

S会病院に見学に行くことになった。私は午後の有休をとった。弟も来るとのことだった。

午後赤羽宅に戻った……。

兄が暢気《のんき》に風呂から出てきた。

「病院のどこに行けばいいんだよ？　誰を訪ねればいいんだよ？」私は聞いた。

「メール送っただろう。そこまで言わないといけないのか！　ソーシャルワーカーとしか話していない！　お袋は行かないと言っている」

何を喚いているのか、この時間から、母が出かけられるわけがない。とても千住までは行くのは無理だ。

15時を過ぎている……。

私は家を飛び出した。上野か、常磐線か、北千住なんて遠いだろう……。

赤羽駅で駅員から、この時間なら西日暮里からメトロが早いと教えられた。

北千住駅西口、見学の約束の時間がある。遅れるわけにはいかない。タクシーに乗った。

　のろのろと走る無愛想な運転手にイライラする。

　愛想のつもりで話しかける。

「あれは？　隅田川ですか？」

「荒川だね」

「桜が咲いたら堤防はきれいでしょうね」

「最近植えたばかりだから、まだ、咲かないね」

「最近植えたのか……。散る桜より、これから咲く桜の花の方がいい。そういえば、病院の名前はS会ではないか……」

　S会病院は、四階建て灰白色のブロック状の建物だった。

　外壁に張り付くらせん状の外階段に何故か救われた気持ちになる。

　ここが、父が入る最後の病院になるのだろうか。ホテルのような外観であるT大学病院に比べれば随分とこじんまりとまとまっている。

　一階フロアには、弟が先着している。

「自転車で来た。田端から一本道を自転車だよ。寒い寒い……」

　最後の病院になるのかもしれない、収容所なのかもしれない、その見学にくるのになんと暢気《のんき》なやつか。一人自動車でやってきた兄は、「道に迷った迷った」と言いながら一階フロアに入ってきた。

「こんにちは、担当の広川です。皆さん、お揃いですか？」

でっぷりとした身体、豊かな髪にところどころ白髪が交じる。チェック柄のジャケットを羽織っている。

収容所の看守だとしたら、なんともユーモラスな体型だ。笑顔をたやさない、穏やかな表情だ。

「ソーシャルワーカーの広川です」

「どうぞ、こちらへ」

桜の花びらが散りばめられたすりガラス、そのガラスが組み込まれたパーテーションで区切られた一角に、三人は案内された。

「赤羽からは遠かったですか？」

「まああ……」

車で来た者、メトロ、自転車、三者三様だ。

「私、実はA台中学なんです」ソーシャルワーカーが切り出した。

え！　三人は意外な話に声を上げた。我々の後輩ではないか。このソーシャルワーカー氏は……。

「今、あのあたりは再開発できれいな団地が次々建ってますよね……。昔とは大違いですよね。私にも兄貴がいまして、兄貴もA台中出身なんです」

「お兄さんがいるなら、我々と同期くらいかなあ……」

「バンドやってましたね、ちょっと姓は違うんですけど」

「え？？　もしかして、堀越って？　いうんじゃあ？」

「そうですそうです、堀越です」

「なんだ！　同級生だ。高校も一緒だよ」

と私。

話は弾んだ。懐かしい話だった。意外な話だった。

（ただ、何故だろう……。なんでこんな話をするのだろう……懐かしい昔話をしに来たのではないはずだが……）

「では……うちの病院についてご説明します。うちの病院は長期療養型の病院となります。患者さんに対する方針はあくまでもナチュラルということになります」

（ナチュラル？）この後輩は、更に意外な言葉を発した。

「誤解されないようにお話ししますが、ここにお父様が来るということは、命の危険は脱したということです」

（命の危険を、脱した？）意外な話が続く。

「病院には、大学病院のような治療をする急性期病院、リハビリを行い日常生活に戻るための処置をする回復期病院、そして安定期の長期療養型病院とあるんです」

ソーシャルワーカーの説明は、我々を平成30年までさかのぼらせた。沖縄本島の病院、Aリハビリテーション病院、T大学病院と父はめぐり渡ってきた。

その都度、偶然を天運を味方にし、命の危機を乗り越えてきた。今再び、命の危険を脱したというのか……。

「T大学病院さんは、急性期の大学病院で、診断し、治療し、静脈カテーテルを挿入できたことで治療は終わったということです。あとは長くかかるから、うちでということです。治療と介護をするのがうちの役目になります。命の危険は脱して安定している、まあ低い位置で安定しているということです」

（命の危険を脱したって？　そうなのか？　しかし、一番違和感ある言葉ではないか？）

後輩は、病院案内パンフレットをテーブルに広げた。

「うちに転院できるというのは、ここに書いてありますが、酸素吸入をしているか、中心静脈栄養のカテーテルを装着しているか、痰の吸引が1日8回以上の患者さんとなります。お父様の場合、中心静脈栄養ということですから、うちに転院できるんです。カテーテルは50㎝位入ってるでしょうかねえ……」

（50㎝も入ってるのか……）

家族の同意を要するとされた中心静脈カテーテル留置は、長期療養型病院に転院するための切符だった。

これで命の危険を脱したということになるのなら、延命措置ではないということになるのだろう。

後輩は続ける……。

「ナチュラルの意味はですね、最後は、自然に任せるということです。心肺停止状態になっても心臓マッサージや人工呼吸器をつけるようなことはしません。回復が見込めない場合に、心臓マッサージや人工呼吸器を使用することは本人にとって余計な苦痛を伴うんです。延命治療はしないということです」

（延命措置はしないということか、救急車でT大学病院に搬送されたあの日、救急外来の医師から、その場で、延命措置は求めるか聞かれたのが最初だった）

延命措置とは、心肺停止状態、呼吸困難の状態になったときに、心臓マッサージ、バック付きマスクによる呼吸補助、その後、気管内挿管による人口呼吸器管理をすることをいう。効果は一時的で、本人に苦痛を与えることになる。そんなことは知っている、分かっている。そんなつもりではいた。

「うちであれば、急性期の病院と違って患者さん10人を看護師1人で看ます。安定しているからこそ、そういうことができるんです」

大学病院は8人に1人の割合であったはずだ。パンフレットの数字はそういう意味だった。

「なるほどなあ」声を漏らしたのは弟だった。

「私も考えはナチュラルだから……」

弟は我が意を得たりという体《てい》でそう言った。

兄は横で顔を紅潮させていた。長期療養型病院の方がいい、適材適所なのだと納得していた自分がおかしいのではないかと気づいたのではないか。

延命治療はしない、ナチュラルだ、ソーシャルワーカーの説明は分かり易かった。十分納得できるものだった。

しかし、それは、おまえの父親への対応は最後は放っておく、そう言われたのと同じことだった。

私の脳裏を浮間の事件が過《よ》ぎった。

介護職員が90代のおばあさんに暴行を加え、熱湯を浴びせて殺してしまった事件だった。そのニュースを見て納得している自分がいた。同じことが赤羽の家で起きても何らおかしくないと納得していたのだ。

介護職員と同じく、自分の手で父を殺してしまえば、楽にしてあげられるだろうそう思ったことは何度もあった。何故自分の手で楽にしてあげなかったのか⁉　ここに辿り着くまでに、その機会はいくらでもあったのではないか、そう思わずにはいられなかった。

昨年末にかけて、父の睡眠障害、排泄障害は日に日に悪化し、症状はひどくなっていった。

夜、何度も起き出してはふらふらと徘徊を繰り返した。便器の周囲は、小便の海のようになった。母は毎晩、毎晩トイレ掃除に追われて眠る時間はなくなった。早朝、海のようになっているトイレの掃除をやり直すのは、私の日課になった。

「トイレくらいちゃんと使ってください」

母は父を責めた。

「でたらめを言うな！　俺はトイレなどはいかない！」父は母を怒鳴り返した。

両親のダイニングでの罵り合いを毎晩、聞くようになった。

父は、この頃には、自分で布団を敷くことは完全にできなくなった。しかし、敷布団だけを敷いてあとは自分でやらせることが、介護の鉄則だと盲信し、帰ってしまう家族がいた。

その布団を見て、「なんだこれは！　何なんだこれは！」毎晩、父は怒鳴り散らした。怒鳴り声が飛び交う中、2回3回と布団を敷き直す毎日。両耳を塞ぎテーブルに顔を埋める母。私が布団を敷くのをみては「余計なことはするな！　俺は自分でやる！」とまた喚き怒鳴り散らす。

「母一人に介護をさせるのは限界だ」と連絡をしても返信すら寄こさない兄弟たち。

「これ以上は無理です！　もう無理です！　めちゃくちゃだ！」

私の悲痛な叫びを唯一受け止めてくれたのが「水曜日のヘルパーさん」だった。

普段は穏やかな、優しい笑顔のヘルパーさんが、作業用のエプロンを身に着けながら私の目を見て言った。

「いいですか！　お父さんが悪いんではありません！　お父さんが悪いんではありません！　病気が悪いんですよ！　分かりますか！　いいですか！　私が頑張りますから、私が頑張りますから！　一緒に頑張りましょう！」そう言いながら私の両手を握ってくれた。

あの、ヘルパーさんがいたからこそ、あの言葉があったからこそ、ここまで辿り着けたのではないか。

中心静脈カテーテル留置が延命措置なのかどうかを考えている自分、ソーシャルワーカーに、最後はナチュラルだと言わせている自分、余りにも情けないではないか、私は自分自身を責めた。

ヘルパーさんの言葉が耳に響く。その言葉がどんなに耳に響いても、どんなに心に響いても、私を取り巻く現実は何も変わることはなかった。自分を通り抜けていった現実、これから現実となるであろう未来に思いを巡らせながらソーシャルワーカーの話を聞いていた。

T大学病院からS会病院への転院は21日に決まった。

「転院は、T側とS会側でご家族が手分けして対応するのが普通でしょうかね、転院手続きが案外手間取るので、手分けした方がいいですね」

「母を父に会わせたいんです、ケアマネさんからも最後の機会になるだろうから、よく相談した方がいいと言われたんですが」

「こちらに着くと、直ぐに入院の検査が始まります。救急車から降りて、キャッシャーでこのフロアを通る数分になるでしょうけど、その間、会うことはできますね。皆さんにそれをお勧めしてます」

（数分間、5分間の面会から更に時間が短くなるのか）

「そうですね、T大学病院からの救急タクシーには、お母様が一緒に乗ったらどうでしょう。そうすれば時間はもう少し取れます、あちらのソーシャルワーカーにも話しておきます」

**令和5年2月16日　木曜日　夕刻**

兄弟全てが赤羽宅に集まり転院の打ち合わせをすることになった。

「転院作業は、私と尚武と母上だけで十分だ。余計なことはしないでもらいたい。退院手続きは30分もあればできる。三人も四人もでする大袈裟な話ではない。救急タクシーに、母上と尚武が乗れるように調整している。打ち合わせなどする必要ない」兄がそう言ってきた。

父が最後の転院をするのである。その転院作業である。長期療養型病院である。

兄は何も理解していないようだった。そんなことはなかろう。理解できていても、現実を受け入れようとはしないのだろうか。

T大学病院からS会病院まで、父を運ぶ救急タクシーに誰が乗るか、父を守り、母を介助するためにもう一人、誰が乗るのかが課題となった。母一人を救急タクシーに乗せるのは無理があった。

T大学病院では、コロナ感染症の影響で一般の面会は原則許されていなかった。あの日の、特別な5分間の面会があっただけだった。

末弟はあの日は、面会に行かなかった。

「尚武に決まっているだろう」

「あいつはこの前、病院行かなかったからなあ」

あの日、末弟は言った。

「そんなさあ、大勢で押しかけるようなときではないでしょう、僕は留守番だね。掃除している」

尚武が同乗する。話はそれで簡単に決まるはずだった。

「私はもういいよ。私はいい。車には乗らない」母が言った。

（え！　どうして？）皆が顔を見合わせた。

「千住ではまた、会えなくなるよ、これが最後かもしれないよ。車の中なら話す時間が取れるし、少しは話ができるかもしれないでしょう」

S会病院に入ったら、また面会できなくなる。面会規制があることなど誰にでも分かる。これが最後かもしれない、それが分からない母ではなかった。

「もういいから、難聴の私が車に乗っても、パパの声は聞こえないし、身体が言うことを聞かないし、歩くのもつらい、車に乗るのも無理でしょう、私が乗って、パパが元気になるならいくらでも頑張るけど、元気になるのなら、いくらでも……」

(パパが元気になるのであれば、いくらでも頑張るけど……)

母の言葉に皆が押し黙った。部屋の空気が急に重くなった。

「T大学病院のソーシャルワーカーには、二人乗れるように、手配をお願いしている。乗らないとは何だ！　何を言い出すんだ！」

「ねえ、ママをS会病院側に先に車で案内すれば、それでいいんじゃあないの、ママの身体の負担も考えて、救急タクシーが到着したら、そこで少しでも会えるようにすればいいだけじゃあないの、なんか考えて会わせてあげようよ、ねえそうしよう」

弟たちは縋るように言った。

「俺の車は、T大学病院から救急タクシーを追いかけていく。親父と一緒に乗らないと勝手なことを言うのならそれでいい！」

兄はいつも通り、母の気持ちも考えずに喚いていた。

その言葉に俯いていた末弟尚武が言葉を放った。

「僕が乗っていく！　ママの分も乗るから！　声は聞かせるようにする！　様子も分かるようにする！　僕がパパを守っていく‼」

この言葉で話は終わった。

**令和5年2月19日　日曜日**

尚武が赤羽宅にきた。

21日T大学病院からS会病院に転院するその手続きを、兄と末弟が全て担当することになった。

兄が頑なに、兄弟皆での打ち合わせを、皆で協力分担しての転院作業を拒否したのだ。

母は、転院の日、赤羽宅で留守番することになった。

**令和5年2月20日　月曜日**

翌日の転院作業の準備に兄が赤羽宅に現れた。事前にS会病院のソーシャルワーカーから転院手続きに必要な書類を貰っていた。

「入院申込誓約書」「自費支払い同意書」

「持参薬の取扱いに関する同意書」等、書き込む書類は多々あるようだった。

書類を手に取っていた母が険しい声を上げた。

「なんですかこれは！　チェック入れろって？」

「自費支払い同意書」を見ている。

（貴院に入院中に下記事項の使用や書類の作成を希望した際、費用を支払うことに同意します）との文面である。

（診断書）欄に、「死亡診断書」11000円、（その他）欄に「エンゼルセット（死後の処置）」22000円と記載され、横にレ点を入れる□があった。

書類は一般的なよく見かけるA4版様式だ。しかし、「死亡診断書」と「エンゼルセット」とは。母は、「こんなものには書き込みはできない！」兄も、「チェックなんて入れられない！」と母に同意していた。

「生命の危険は脱しました、安定してます」そう言っていたではないか。

転院先は、最後の収容所、長期療養型病院なのだ。

終末期を迎える父から、事前に同意を取るということだ。

患者氏名欄に父の名前、支払人氏名に母の名前が入った。

「印鑑など押せますか！」母が言う。

家族に気づかれぬように、印を押して病院に提出した。

## 令和５年２月21日　火曜日　転院の朝

私は赤羽宅に早朝寄った。兄が８時過ぎには現れた。

主のいない父の書斎の書類棚の、二段目、三段目の棚をバタバタ引き出している。

「何を探している？」

「ひげそりがたくさんあっただろう？」

クルーズ船ぱしふぃっくびいなすの船内で使うひげそりは、PACIFIC VENUSのロゴ入り化粧袋に入っていたはずだ。

（こいつは、そんな準備すらしていないのか、ほんとに今日の転院はどうなるのか、大丈夫なのか）

「長男と尚武に任せればいい。もう疲れた」

「構わないから仕事に行きなさい」と母は言った。

時計が気になる。仕事に遅れるからではない。10時半がT大学病院出発だったからだ。兄はまだバタバタとやっている。

私は職場に着いた。

会計課からメールが届いている。

「定年退職される方の社会保障手続きについて」とある。提出書類、連絡事項が様々記載されている。36年務めた役所を、3月末に定年退職する予定になっている。

職場の会計課が、父が今日転院するなど知るはずがない。また知っていたとしても何ら関係はない。何の脈絡もなく、当然のこととして、事務手続きは進む。手続きとはそういうものだ。

長期療養型病院が示す「自費支払い同意書」であれ、会計課が送ってくる「社会保障手続き」に関する提出書類であれ同じことだ。

（あ！）

10時15分　尚武よりメールが届く。

（10時15分T大学病院発、電話でママの声を聞かせた。「大丈夫？」のママの声にパパ頷く）

（お！）

パソコンに繋がれた目の前の大型ディスプレイに、マスク、眼鏡姿の父の姿が大写しになる。

ダークバイオレットのライフジャケットに全身を包まれ、胸、足元を赤いベルトで括られ、ストレッチャーに完全固定されている。

大写しの画像に、父の表情もはっきり分かった。

あの５分間の面会の時とは、明らかに違う。正直予想外だった。

静脈カテーテルからの濃い栄養補給が効いているのだろうか。

末弟が父を守るために同乗した、救急タクシーは、荒川土手沿いを走るはずだ。

「千住の桜は、今年はまだ咲かない」とタクシーの運転手は言っていた。

10時45分、メールが再び届く。

（S到着。看護師が「お疲れ様」とお出迎え、直ぐに痰の吸引）30分間の転院劇だった。

13時18分、第三報のメールが届く。

主治医、師長、看護師らから、転院時検査結果について、今後の入院中の医療措置について、説明があったようだ。詳細は、夜、メールすると連絡してきた。

「T病院からS会病院に来たんだよ」

「そうか大変だったろう」

父は尚武の言葉にそう答えたという。

私は、仕事帰りに赤羽宅に寄った。

「大変だったらしいよ、今日は」

母が私の顔を見上げながら、小さな声で言った。

六畳間には紙袋がいくつも置いてあった。

紙袋の中には、見慣れた花模様のついたバスタオル、紙おむつ、尿取りパッドが入っていた。

元日のT大学病院入院から、その後の二カ月の間に、我々が病院に持ち込んだものである。

S会病院は、身の回り品の持ち込みはできず、病院の用意する備品か、レンタル品で揃えることになっていた。

モスグリーン縦じま模様の寝間着、丹前、厚手のガウンと、三着も揃って戻ってきた。

元日に着ていたフィンランドセーターも入っていた。

**令和5年2月22日　水曜日**

前日、T大学病院より持ち帰った寝間着三着、タオル、下着を洗濯機に入れ回し出した。

（ピーピー）洗濯機が呼ぶ。

寝間着、丹前、ガウン、タオル、下着が、洗濯機の中でグチャグチャに絡まっている。二階バルコニーに上がる。物干し竿に寝間着の袖を通していく。バルコニーに注ぐ日差しは暖かい。寝間着を干し竿いっぱいに広げる。

「こんな暖かいのに……」あの時は、パンツは凍ってしまった。

春はこのバルコニーにも近づいている。もうじき春が来る。どんなに寒い冬でも、春は必ず来るのに、迎えられない春などないはずなのに……そう思うほどに日差しは暖かかった。

昨日、Ｓ会病院から提示された「入院診療計画書」「症状」欄に記載された内容は、我々の想像を遥かに超えるものだった。

誤嚥性肺炎を回避するために中心静脈カテーテルを挿入し、濃い栄養分を補給し体力を回復すると、Ｔ大学病院の主治医は言っていたはずだ。しかし現状はそれどころではなかった。

（廃用症候群、繰り返す誤嚥性肺炎、高血圧症、腎動脈狭窄、腎機能障害、大動脈弁狭窄症、くも膜下出血術後、未破裂脳動脈瘤、頸動脈プラーク、下肢筋けいれん、腰部脊柱管狭窄症、膀胱炎、薬剤性アレルギー）

主治医の殴り書きとも見える症状の羅列は余りに非現実的だった。

T大学病院側も当然こんなことは知っていたはずだ。

転院してから直ぐに検査、検査が繰り返された。それでこれだけの病名が並んだのだ。

「こちらの画像をご覧ください。お父さんは、全身の動脈硬化が激しいです。全身の血管の中にプラークができています。このプラークが血管からはがれて飛べば、脳にいけば脳梗塞、心臓に飛べば心筋梗塞ということです。血管年齢が、実年齢にプラス10歳くらいですね。１００歳くらいの血管年齢でしょうか」

医師の説明を兄と末弟は聞いていた。

平成30年4月、沖縄の病院で、くも膜下出血で倒れた父の緊急手術を担当した、脳神経外科医が「驚くべき若い血管です、大変な生命力です」と発した言葉を、我々に伝えたのは尚武だった。あの時、父は89歳、５年が過ぎようとしていた。

T大学病院からは「退院証明書」が交付された。「退院証明書」は、３年間は保存する必要がある。入院期間52日、２０２３年1月1日から2月21日。

「5．転帰」欄がある。転帰とは、疾患・怪我などの治療における症状の経過や結果をさす医学用語である。

（該当するものに○をつける）（1）治癒（2）治癒に近い状態（寛解状態を含む）（3）その他、○は（3）に付いていた。

転院したのだから（その他）になるのは当然だった。

「退院診療計画書」の「退院後の計画」

「退院後の療養上の留意点」の各欄には、

（転院先での治療継続してください、固形物は摂取しないようにしましょう、運動は控えて、安静にしてください、身体を清潔に保ちましょう）とある。

この状態でどうやって運動しろというのか、S会病院が示してきた検査結果、「入院診療計画書」の症状欄の羅列と比較すれば、なんとお気楽な記述であろう。追い出す方はこれで事務手続きは十分ということなのだろう。

S会病院は、事前予約を取れば、母とその付き添いの家族であれば面会を認めると言ってきた。師長に事前に連絡を入れて予約を取ることになった。

（あれ？　話が違うような？）

後輩ソーシャルワーカーに確認の電話をした。

「面会制限がかかってるんじゃあなかった？　前の話とだいぶ違うようだけど」

「僕も吃驚しました。事前に師長の許可取れば、平日の午後、何時でも面会できるようです。とにかく会っておいた方がいいですよ」

（生命の危険を脱したということです）と言っていたソーシャルワーカーが驚くよう

な対応を病院はしたということだ。

ソーシャルワーカーは何度も、「会っておいた方がいい、会っておいた方がいい」と繰り返し電話口で言っていた。

「入院診療計画書」「症状」欄に書き連ねられた内容を見れば、誰も長期に安定しているとは思うまい。主治医もこの時点で判断するところは多々あったのだろう。

だから、ソーシャルワーカーが驚くような対応を病院はした。それが、会っておいた方がいいです、という言葉を生み出したのだ。

**令和5年2月22日　水曜日　15時**

末弟が、真っ先に面会予約を入れた。転院時に、看護師長より要請のあった、褥瘡対策のクッション枕三個を買い、母をS会病院に連れて行った。

末弟の細やか間髪入れずの心配りで、母は父と会うことができた。

**令和5年2月28日　火曜日**

S会病院木島師長に連絡を入れる。

「もしもし、木島師長さんお願いします」

待たされることもなく、

「木島です」明るい声だ。

長期療養型病院は、最後の病院だ、収容所だなどと思っていた私からすれば驚くような明るさだった。

思えば、あのソーシャルワーカーもそうだった。

「お世話になっている、○○の家族の者です。次男です」

師長さんとのやり取りで、父の面会は母であるから、妻であるから、特別の計らいで病院側は特例として認めていることがあらためて分かった。その際に、高齢な母の付き添いの家族ならば、面会は認めざるを得ないだろうということだった。

「私が一人で明日伺っても、面会はお許し願えるのでしょうか」

「ううんん」師長さんの呻り声がする。あくまでも明るい呻り声ではあったが、特例中の特例の扱いがされていることを思い知らされる唸り声だった。

師長さんが、続けて……

「今、病院で協議をしてましてね、3月6日以降なんらかの形で面会制限の緩和をしていくことを検討しているんです」

「6日以降ですか」

S会病院では一時、面会を再開したものの、新型コロナウイルス感染者が都内で再拡大する恐れから、令和4年11月21日より、面会中止の措置を取っていた。この時から、面会は原則禁止になっていた。

面会制限は、コロナ感染症を病院に持ち込まれないためだ。ただでさえ、重篤な状態の高齢者が多くいる病院である。その中で、特例中の特例として面会が許されていた。

世間はいつの間にかコロナウイルス感染症対策の制限を緩和してきていた。

プロ野球中継では、テレビ画面より歓声が、鳴り物が聞こえてくるようになっていた。どんなに歓声が聞こえても、鳴り物が鳴るようになっても、病院がどんな協議をしても、面会が自由に行えるようにはならないだろう、プロ野球とは違うのだ……。

**令和5年3月2日　木曜日**

母、兄、私とS会病院で父と面会することになった。

病院の駐車場に、後輩であるソーシャルワーカーが作業に出ていた。大型バンに医療器具を積み込んでいるところだった。

「お！」後輩がこちらに気づく。

「よう！　後輩がちゃんと仕事してるかどうか見に来たよ」

何と失礼な口の聞き方か、我ながら思った。しかし、強いて明るくでも、横柄にでも振舞わなければ、父の姿をとても見ることはできない。

苦笑いする後輩、

「こちらが、中学の後輩のソーシャルワーカーさん」

（母が摺り足で、よたよたしながら、慇懃に挨拶する）

「私がご案内しましょう」

ソーシャルワーカーが先頭に立ち、父の病室に案内してくれる。2階235号室だった。

T大学病院での5分間の面会以来である。

あの時は、「まだがんばる、まだがんばる」

と言っていた。

2階フロアには呻き声が響いている。薬品、アルコール消毒液の匂いが充満し、そこに異臭が混ざっていた。

「うわ、うわ、ごあああ」

病室から漏れ出すうめき声、それに反応し走り込む看護師、ドアのない個室。

（ここは病院なのか、このフロアは何なのか、異様だ、異常すぎるではないか）

眼を落とすと、白色の清潔感ある床シート、視線を上げると、スタッフステーションの落ち着いたブルーの文字盤が見える。担当者表のようだ。ここはやはり病院なのだと教えてくれた。

2階、235号室、黄色い古びた案内板プレートに、父の名前が黒く印字されている。沖縄で、Aリハビリ病院で、T大学病院で、何度もこのように父の名前を見てきた。

ベッドの父は目を開けていた……。

母が話しかける。庭の椿を切って持ってきていた。父に見せたかったのだ。

「今、庭にはねえ、椿が咲いているのよ。さんしゅゆも咲いてるのよ」母が話しかける。

「俺の趣味は土方だ、上品に言えば庭いじりだ」父はよくそう言っていた。

庭いじりがあれだけ好きだった人である。庭の椿にどれだけ肥料をやり、水をやり、剪定をし、世話をしてきただろう。

侘助だ、玉霞だ、とその名前を得意げに話していた。

鴇色の椿、立て絞り、紅文様の椿は、淡く儚げだが、切り花になって母が病室に持ってきても、家の庭に咲くままの美しい姿だ。

これらは父が丹精込めて咲かせた椿たちなのだ。

「しょおお！　しょおおお！」

父は唸り声を上げた。何を言いたいのか。

「息子たちが二人来てますよ。分かりますか！！」母の頬は濡れていた。

顔を紅潮させ兄は俯いている。私は視線を逸らした。

父には白く柔らかい、薄緑、グレイの葉のデザインが施された布団が掛けられていた。

「足が出てる、寒くないですか、身体が斜めになっている。足が出てはだめだ。看護婦さんを呼びなさい、これではだめだ」

母は我々にそう言った。

父の身体は褥瘡対策で、身体を斜めにし、腰の下、両足の間、足先の下に枕が挟み込まれていた。足はそのために掛け布団の外に出るようになっているようだった。

壁には酸素吸入器が組み込まれている。鼻にはチューブが挿入されている。内頸静脈には中心静脈カテーテルが挿入されている。

目の前には、フルカリック１号輸液９０３㎖の黒文字が印字されたオレンジ色の点滴パックがぶら下がっている。

この状態で足が出ている、足は寒くないか足は寒くないか、母は譫言《うわごと》のように繰り返した。その言葉に私は押し黙るしかできなかった。

看護師は「分かりました、はい分かりました」と母の様子を見て、穏やかな笑顔で答えていた。

「CDを聞かせればいい。ヨハンシュトラウスを持ってきた。音楽療法だ」

兄は、母のカバンを床に放り出し、ガチャガチャとCDプレイヤーの操作を始めた。聴覚は最後まで生きているという。家族の呼びかけは、最後の最後まで、生きる力を与えるものという。

CDプレイヤーからヨハンシュトラウスは流れる。父の耳に届いているのだろうか。面会時間15分は短い、帰りの車の中、母は穏やかだった。

「このあたりはねえ、南千住まで市電が走っていたのよ。ここで小伝馬町から浅草橋、南千住までねえ」

昔を語っていた。何を思い、幼い自身の姿を思い出しているのだろう。

兄は無言で、ハンドルを握り、首都高速中央環状線高架下、荒川堤防脇道路に車を走らせていた。

私は後部座席で、ただ車窓に流れる薄暮の闇を見ていた。

北区から見慣れた封書が届く。何回目の封書だろうか。認定調査結果が届いたのだ。T大学病院からリハビリ病院に転院し、嚥下機能、会話機能、下肢運動機能のリハビリをする、そして特別養護老人ホームに入る。そのためには介護認定が要介護3以上でなければならない。

T大学病院で認定調査を受けるか、転院先のリハビリ病院で認定調査を受けるべきか、ケアマネさんと相談を重ねていた。

認定調査員であれば、コロナウイルス感染症による面会制限があっても隔離室で面会ができる。認定調査は実施可能だった。

T大学病院で認定調査がいつの間にか実施されていた。介護認定区分変更の結果が届いたのだ。

「要介護5になったよ、一番厳しいやつでしょう……」母の言葉がポツリ。

「介護保険　要介護状態区分変更通知書」「介護保険被保険者証」が封書から出てくる。

令和5年2月24日付けで、要介護2から5に跳ね上がった。

父が認定調査なるものを初めて受けたのは平成30年7月2日だった。

Aリハビリテーション病院で初めての認定調査を受けた時は、家族全員が父のベッドを囲んでいた。元気のいいおばさん認定調査員の調査は、にぎやかで楽しくすらあった。

父も調査員の質問に鷹揚に答えていたものだった。

この時の結果が「要支援2」。

「ほらみろ！　大したことないじゃないか！　親父は大丈夫だ！」その兄の言葉を聞いて、家族皆が納得をしたものだった。

今回の認定調査では、自分の名前も、生年月日も、最早、何一つ言葉を発することもできなかったであろう。

北区の封書には、桜の花びらのロゴマークが付いている。介護認定区分変更通知が何度届いても、小さなロゴマークばかりはいつも咲いていた。

「要介護5になったんだけど」

S会病院のソーシャルワーカーに連絡を入れた。

「それは病院にお持ちいただく物ではありません。最後、ご自宅で看取る時にいろんなものを利用できるようになったということです、大変よい状態になったということです。治るということではないですけどね」

（なるほど、いい状態になったか、さすがソーシャルワーカーは言うことが違う）

兄と私、弟でS会病院の見学に行ったときに、最後は自宅で看たいのだといったことを思い出した。弟も、即座に「賛成だ」と言ったのだ。

ソーシャルワーカーはそのことを覚えていた。病院の見学時と入院後では、ソーシャルワーカーも言うことが一変していた。

目の前の母は、テーブルに眼を落としていた。

「だけどねえ、現実感がないね」

「そうだねえ、春までとか言ってたけどね」

「要介護5だと、北区から紙おむつの現物支給か、おむつ代金の一部助成があるはずだよ」ケアマネさんの話を思い出した。

封筒の中には「要介護高齢者等紙おむつ等支給事業のお知らせ」というモスグリーンA４版サイズの用紙も入っていた。

要介護5となると北区の紙おむつ支給事業の対象者となる。「常時失禁状態でおむつを必要とされる方」ということだ。

紙おむつの現物支給か、おむつ代金の一部5000円が支給される。S会病院は、おむつは病院が支給するので一部代金が助成されることになる。

地域包括支援センターのカウンターに座る。

「様式はこれですね」

地域包括支援センター担当者が対応してくれる。

「要介護高齢者等おむつ支給申請書」がテーブル上に置かれた。

奥から声がする。女性センター長の声だ。

「えええ！　なんでそんなことになったの！」

沖縄の病院から、Aリハビリテーション病院への転院の際に、大変な尽力をしてくれたセンター長だ。介護認定区分が5にまで上がったことを知り驚きの声を上げたのだ。

「どうしたんですか？　どうなってしまったんですか？」

センター長は声を上げながら、カウンターまでバタバタと出てきた。

（状況は変わった……誰もが声を上げる状況になったのだ）身を乗り出すセンター長の姿を目の前にして、そう自分を納得させるしかなかった。

**令和5年3月6日　月曜日　朝**

S会病院主治医から直接連絡があった。

長男の携帯はつながらなかった。主治医は第二連絡先の弟、更に末弟尚武にまで連絡した。

主治医が自ら連絡してくるのだ。容態が悪化したことは誰にでも分かる。極めて危険な状態という連絡だった。

**午前10時頃**

「40℃の発熱があります。肺炎が再発しています。血圧が91まで低下しています。耐性菌が体中に大量に発生しています。極めて危険な状態になりました。話ができるうちに会っておいた方がいいと思います」

**午前10時19分頃**

「血圧は１２０に戻りました。身体の中は耐性菌だらけになっています。抗菌剤は一種類しか効きません。これから抗菌剤を投与します。全ての内臓が弱っていて、話ができるうちに会っておいた方が良いかもしれないです」

**午後1時30分頃**

母、兄、末弟が病院に駆けつけた。

「おんがく……みず……」掠れる声で父が言った。

主治医が言う。

「今は、熱は下がり落ち着いてはいます。しかし、抗菌剤が全く効かない状態です。内臓全てが弱っているので……」

父のベッドの傍らで見守る母、医師に任すしかない、何もできない。家族は何もできない。抗菌剤が全く効かないとは……。

「足が冷たいから、擦ってあげないと」と母が言う。

皺だらけの小さな両手で、父の蠟燭のように冷たくなった小さな足を擦っていた。

「投与を始めますから、部屋を出てください」当番看護師が声をかけてきた。

「また、来るからね」母が声をかける。

「置いて帰れるんだから、よしとしますか」

母はそういって病室を出ようとした、そのとき、

「ママ、ママ」父が何かしらを訴える。

「え？」振り返る母。

先日、母が持ってきた侘助、絞りの椿はスタッフステーションの奥に置かれていた。その壁にはモニターパネルがいくつもある。各病室の患者につながっている医療計測機器がカウントする数字が点滅している。

「ＣＤプレイヤーはかけておきましょう」

看護師さんが、母の背中にそう言った。

## 令和５年３月８日　水曜日

私は有給休暇を取得した。母をＳ会病院に連れて行こうとしたのだ。

「もう疲れたから、一人で行ってきてください」

「分かった。様子見てくるから」

憔悴仕切った母に、私は父に面会してくることを伝えた。

10時から面会予約ができる。

看護師長木島さんに事前に面会予約を入れることになっている。

当日でも10時直ぐに連絡を入れれば、面会ができるのではと思ったのだ。

「２階、２３５号室の○○の家族ですが、お世話になっています」

明るい師長の声が応える。

「あらどうも、何度も電話頂いてすいません。ええ、結構ですよ。おいでください。○○さんの場合は予約さえ頂ければいつでも面会できるようにしてますから」

制限が緩和されるとは聞いていた。病院で協議をしているとの話だった。師長との会話では、面会はいつでもできるようになっているようだった。面会制限がなし崩し的に、加速度的になくなっていく。それは父の場合だけのようだ。病院の協議とはこういうことだったのだろうか。

6日の月曜日から、病院の面会制限は緩和された。予約を入れること、ワクチンを3回以上接種していること、週1回であること、面会人数は3人以内であること、という条件付きの緩和だった。

しかし、父の面会は全面的に許された。

病室の父は眼を開いていた。眼を開いているだけだった。会話にはならなかった。腕は交差され白い抑制帯で固定されていた。抑制帯の表面に「両上肢抑制」と黒マジックで書かれた、長方形のテープが貼り付けてあった。

両手は大きなミトンを被せられている。完全に身体は動かないようされていた。身体拘束である。経鼻管チューブ、内頸静脈に挿入されたカテーテル、口に挿入されたチューブ、せん妄状態に陥り、引き抜く恐れがある、との医師の判断だった。

「しょうがないですね」担当看護師が言う。中心静脈カテーテルを引き抜いてしまえば大出血するのだという。

キドミン200㎖のオレンジパックが目の前にぶら下がる。

最早、「しょおおおお」と唸ることすらなかった。

「担当の看護師の清水です。今日は、先生がいるんですけど、お会いになりますか?」

私は主治医の女医に会ったことはなかった。今更、会っても意味がないだろうとも思った。しかし、現実を知らねばならない、現実を知りたいとも思ったのだ。

S会病院転院以来、父についての対応は、長男と末弟を中心に進んでいた。二人は私を遠ざけるようだった。

しかし、二人は現実を受け入れようとはしていない、話がこちらに伝わってこない、ならば自分の耳で聞くしかないだろう。

黒縁メガネ、長い髪を後ろで束ねた若い女医は、スタッフステーションの中で待っていた。

「どうぞ」丸い事務椅子を勧められる。

私は座るや否や徐《おもむろ》に切り出した。

「先生！　はっきり言ってくれませんか！　遠慮しないで、きちんと言ってもらいたい！　家族が正しいことを知らないのでは困る。現状をはっきり話してもらえませんか」

女医は、ふっとこちらの顔を見た。一呼吸おいて説明を始めた。

「５日の日のデータですが……」

青、赤の折れ線グラフが、山、谷を形成している。青線が大きく跳ね上がり、赤線が大きく谷を描いている。

「血圧が、80から90まで低下して、熱は40℃まで上がりました。今は、状態が戻ってますけど」

主治医が直接電話してきた時のデータだ。

「今、お父さんの身体の中には菌が発生していて、その菌がパワーアップしている状態です」

(パワーアップ?)

「一番の問題は、抗菌剤が効かないことです。菌が耐性菌になっているんです。その菌のせいで誤嚥性肺炎を繰り返しています」

抗菌剤が効かない。耐性菌が発生している、どこかで聞いた話だった。難解な医学用語ではない。単純な国語の問題だ。その単純な話の繰り返しだけに、深刻な状況は私にも理解できた。

「抗菌剤はアミカシンのみ効く状況です。他はみんな効きません。これ、みんなRですよね?」

女医は手元のデータ表をこちらに押し示してきた。

小さな黒いカタカナ文字の羅列……。

セフェピム、ピペラシリン、ダゾバクタム、セフタジジム、更に並ぶカタカナ文字。

確かに、横には皆「R」が付されている。「R」とは？　Ｒｅｓｉｓｔａｎｃｅか？「耐性」？　抗菌剤に抵抗するということ？　父には効かないという意味のようだ。これだけ抗菌剤が並んでいて何も効かないのか。

「緑膿菌といいます。普段はかわいい菌なんですけど、それがパワーアップしているんです」

「パワーアップ？　かわいいだ」と、この若い女医は言葉の使い方を知らないのかとも思えた。しかし、逆にそれが、主治医を身近な存在にしたのも確かだった。

「ねええ、先生、先生はさ、春を迎えられないかもしれないって言ったんでしょう」

女医はコクリと頷く。

「あとは何があってもおかしくないです。突然死の可能性があります。スタッフはみんな分かってますから、連絡はしていただいて、会える時に会っておいてください。あとはご家族の力です。呼びかけてあげてください。呼びかけると血圧が正常に戻ったり、体温が下がったりします。あと1週間ではないでしょうか」

（あと1週間、タイムリミットか、あの様子では、そうだろうなあ。今日は8日、桜の花はあと1週間では咲かないいか）

兄の話にも末弟の話にも、あと1週間という期限は出てこなかった。

最後通牒を突き付けられたのは自分だけなのだろうか。

「今、○○さんは寝てる？」女医が傍らの看護師に声をかけた。

「起きてるかもしれません」

「お部屋へどうぞ」

女医と看護師に先導される形で、再び父の病室に入った。

午前中、父は主治医と会話していたという。先ほど、私が病室に入ったときは、しばらく眼を開いていたようだったが、あとは眠ってしまったように見えた。会話にもならず、唸り声も上げなかった。

げっそりこけた頬、蠟のように白い顔、茶色く変色したやせ細った歯。

（この状態で会話なんかしたんだろうか？）

「おい！　正月は、碌におせちも食べないで、餅も食わないで、チューブばかりじゃあしょうがないだろう！　また、俺がこふきいもを作るから、作って持ってきてやるから！　持ってくるから！　チューブじゃあ、腹の足しにもならないだろう！」

女医と看護師が傍らに立っている前で、私は父に向かって叫んだ。

（何が呼びかけてあげてくださいだ！　何も言わないじゃないか！　何も聞こえやしないだろうが！）

壁には、「酸素」、「吸引」の文字が書かれた、緑、黄の銘板が設置されている。銘板下方にあるバルブには、酸素流量計、吸引器が接続されている。それら機器からチューブが口に、鼻に伸びている。あと1週間、菌とたった一人戦う父を助けるのはこれらの機材たちのみだ。医師も、看護師も、医学もない。たった一人の戦いだ。

「治らないということかねえ」私は主治医の話を母に伝えた。

「あと1週間です」と主治医に告げられても治ること、帰ってくることを信じている母が、余りに痛々しかった。

（余計な話をしなければよかった……）

（しかし話さないわけにもいかないだろうに……俺は馬鹿だ）。悔恨の念に責めさいなまれながら、夜、平和坂を帰っていく。

まだ、桜のつぼみも小さい平和坂だ。

認知症の症状が進み、毎晩、毎晩トイレを小便、大便の海にしていた父。その介護に一人明け暮れる母をわずかでも助けようと、毎朝、東の空が白むのを見ながら、疲労と睡眠不足のためにふらつく足で下った平和坂だ。

この坂の桜並木、ソメイヨシノが咲き誇るさまは見事だ。父もよく桜を愛でるために歩いていた。横に付き添い歩いたこともある。

もう遠い昔のような気がする。

**令和5年3月9日　木曜日　深夜1時**

「どうした?」

「足も手も全て冷たくなってきてます」

唇も変色し出した。顔全体が紫がかってきた。

「チアノーゼだ！」

「酸素測定！」

「酸素濃度測定不能！」

「酸素量アップ！　アップ！」

「先生呼んで！　宿直の先生呼んで！」

宿直医が頸動脈にふれた。

「あ」

「瞳孔散大、散大！」

「モニター装着！　装着」

2階フロアは慌ただしくなっていた。

前日、面会をし、主治医の話を聞いたわずか10時間後のことだった。

**令和５年３月９日　木曜日　早朝**

眠れない、眠れる日などない。身体をベッドで動かす。枕の脇に置いてあるスマホが点滅した。

（え？　この時間に）確かに点滅した。

時間を見ると四時過ぎだった。着信記録は末弟尚武だった。末弟から電話が来るなどということは今までなかった。ましてやこの時間だ。

（何事か！）

病院での主治医、スタッフとの会話が脳裏をよぎった。液晶画面を押しなおす、末弟が直ぐに出た。

「今、病院から電話があった」

末弟の声が暗闇の中に、不思議なほど穏やかに流れる。

「息をしていない状態だって、病院に来てくれって」

「そうか、分かった」

私はなんだか落ち着いていた。不思議だった。何故だろう、覚悟を決めていたとはとても言えなかった。

こういう場面はもっと狼狽えるものではないのか。

トイレに入る。毎朝、起き抜けに飲む、微糖コーヒーを冷蔵庫から出す。部屋は暗い、電気すら点けてなかった。

（この時間なら、タクシーか、電車はない時間だ、ここから千住までなら時間はかからんだろう）

まだ暗く寒い道路に立つ。タクシーは直ぐにつかまった。

中央環状線の下をタクシーは走っていた。ついこの前見た光景だ。タクシーの走る方向が逆方向だった。

時計を見る、末弟の電話の着信から、既に1時間は過ぎていた。

病院は何も変わらず薄闇の中に建っていた。

病室の父は目を開けていた。10時間前の姿と何も変わらなかった。

「パパ!!　パパ!!」母が呼びかける。

「パーパ!!　パパ！」

「だめだねえ、だめかねえ」

母の顔は紅潮していた。兄の顔も真っ赤である。

ベッドサイドモニターの、中央画面上部には赤いランプが点滅し、アラーム音を繰り返し発していた。

ディスプレイ画面左上には緑地に大きな「０」の数字、緑のライン、青のラインも横一筋にきれいなラインを引いている。

（山や谷を描くものではないのか？　何故横一線なのか、おかしいではないか？）

右上にはブルーに光る帯の中に、脈波検出不能の文字、左上には赤い帯の中に「ASYSTOLE」、黄色い帯の中に「APNEA」の文字が表れている。

（ドラマで見るシーンではないか）

私はそう思った。目の前のベッドに横たわる父を見てもそう思った。ドラマだ、テレビドラマだ、ドラマのラストシーンではないか、本当にそう思っていた。

その時、私は気づいた。

拘束が解かれている。あの白い抑制帯が解かれている。両手に大きな白いミトンを付け、腕は白く幅広い抑制帯で交叉して固定されていたはずだ。

主治医は点滴パックから伸びる、チューブを取り外してしまうのだと言っていた。

身体拘束はやむを得ない措置だと言っていたはずだ。その身体拘束が解かれている。

そういうことだ。そういうことなのだ。それは現実だった。ドラマではなかった。それを知らされた瞬間だった。

赤いランプの点滅とアラーム音は止むことはなかった。

スタッフステーションの男性看護師とカウンター越しに話す。

「皆さんがお揃いになりましたら、宿直の先生を呼びますから」

（宿直の先生を呼ぶ？　今更、医者を呼んで意味があるのか？　今更何なんだ）

その皆さんがなかなか揃わない。弟に連絡が付かない。弟は病院の「第二連絡先」に登録されていた。

病院からの第一報は、「第一連絡先」に登録されていた兄には届かなかった。末弟が「第三連絡先」であったので、末弟からの連絡が、私に来たのだ。

弟は、病院からの連絡にも応じなかった。

（何をしているのか、この時間だとはいえ、何故連絡が付かないのか）自分の携帯画面を睨みながら右へ左へと歩く、２階の廊下は静かだった。

病院はまだ起き出す時間ではない。何故、この個室だけが、人がこんなにいて騒がしいのか不思議なくらいだった。

誰の電話にも、メールにも弟は応じなかった。病院からの第一連絡先として機能しない長男、誰からの連絡にも応じようとはしない弟。

病院の廊下は寒く冷たい。廊下の白色が鮮やかに映る。その廊下にアラーム音だけが流れ出してくる。

「ご親族が全員揃わないと、先生の死亡確認はそれまで待った方がいいでしょう」男性看護師は言う。

宿直の医師を呼ぶのは死亡確認をするためだった。

**令和5年3月9日　木曜日　6時51分**

弟の自宅に電話がつながった。

「危篤状態なんでしょう?」弟は言った。馬鹿げた言葉だった。病院からの連絡、私からの、末弟からの度重なる電話にも、メールにも何ら反応を示さなかった男の余りに馬鹿げた言葉だった。

しかし、私は何故かその言葉を冷静に受け止めていた。

「そうじゃない。親族が集まらないと、死亡確認ができないから、何度も電話してるんだ」

(多少の間があった)

「分かった。タクシーで行く」

母、兄、私、弟、末弟、親族は揃った。

当直医は、白衣をヒラつかせて、フレームの眼鏡をきらめかせて、1階から2階に上がってきた。

2階スタッフステーションの前を通る時に、スタッフが何かしら医師に声をかけた。その医師は、笑顔を見せながら、「お仕事だよ、お仕事、この時間から」そう言いながら部屋に入ってきた。

医師は消されていたベッドサイドモニターのスイッチを再び入れさせた。

再び、赤い点滅とアラーム音が始まった。

緑は心電図波形だった、上下二段に波を打つはずだった。ブルーの心臓の鼓動を示す脈拍波形、呼吸のリズム、深さを示すグレーの呼吸曲線は皆同じく、横一直線だった。

何年前になるか、沖縄の病院で見たことをぼんやり思い出した。

あの時は、家族中あれだけ大騒ぎをしたのに、モニター画面だけは騒ぎを知らぬかのように波打っていた。沖縄よりも千住ならめちゃくちゃ近いと、皆が口々に言っていたのに、モニター画面は波打つことをしなかった。

「確認しました」

当直医はあくまでも事務的だ。瞳孔の反射機能の確認が済んだのだ。

死亡時間は午前7時31分となった。3時間も遅れたのだ。

「顔見てください、苦しまずに穏やかですね。死亡診断書を書きますから」

「心肺停止が4時頃です。ご家族に連絡入れた時です」

(そんなもんか、こんなものか)

親の死に目には会えなかった、とはこういうことをいうのだろう。

主治医の言葉は正しかった。

「あと1週間、突然死の可能性がある」とわずか、10時間前そう言っていた。

私が、母や兄の意向を無視して、☑を入れた「自費支払い同意書」が役に立つことになった。

父は、主治医の言葉通り、春を迎えることはできなかった。

# 第5章　椿咲く自宅へ

病院の対応は我々の感情の全てを無視して、素早かった。

「個室は荷物整理して、開けていただきます。葬儀社はどちらかご存じですか、決まってますか？　病院が提携しているH典礼というところがありますが」

死亡確認の直後、病院は追い出しにかかってきた。再び追い出される。

看護師は慣れたものである。長期療養型病院だ。このような場面は日常茶飯事なのだろう。

しかし、我々は違う。父を亡くしたのだ。事前に葬儀社が決まっているわけなかろう。

「いいよ、提携のところで、時間かけなくていいよ、提携のところで」弟は、義父の葬儀で慣れてしまっているのか、投げやりにも聞こえる言葉を発した。慣れているから3時間も遅れるのだろうか。

葬儀社はH典礼に決まった。

個室から出された父は、１階霊安室に移された。

看護師による清浄、顔には化粧が施されていた。赤味がさしている父の顔は穏やかだった。

早朝まで、緑膿菌とのたった一人の戦いを続けていた顔と思えなかった。

「ご自宅に戻りますか？　弊社の安置所にお預かりしましょうか？」

私は父を赤羽の自宅に連れて帰りたかった。

あの元日の朝、一つの餅しか食べずに正月を終え、口から物を食べることを忘れ、病院に入ってしまった。その後、父は赤羽の家には一度も戻っていなかった。

（葬儀社に預からせるなどあってはならないことだ）私はそう思った。

連絡のつかなかった弟が懇懇と言う。

「預かってもらおうよ。大変だよ。預かってもらいましょう」

「しかし、一度は赤羽の家に」私は言った。

弟は、父が最後の時は病院から引き取り、家で面倒見たらどうか、要介護５になったのだから、ありとあらゆるものが使えるから、そんな話を二人でしたはずだ。

しかし、死んでしまえばそんな話も忘れるのだろう。預ければいい、家に戻れば大変だ、そう言った。

「ならば、お車でご自宅まで参りましょうか？　そのあと、弊社でお預かりします。どうでしょうか？」

葬儀社の、既に、黒い喪服姿の男性社員が、折衷案を出してきた。

白い納体に包まれ、白布を顔に掛けられた父は、黒塗りの寝台車に乗せられた。弟と私が車に同乗した。死亡診断書も携行した。

私は、寝台に横たわり、全身白い納体にくるまれた父の脇に座った。

ドライバーの隣座席に座った弟が、話しかけている。

「父は昔、くも膜下出血で倒れたことがあるんです。その時は、後遺症もなく復活したんです。お医者さんから、『これなら百歳まで生きますね、大したもんです』と言われたんですけど、94まででした」

そうだった。あのとき、クルーズ船で倒れ、ドクターヘリで沖縄本島に搬送された父を、Aリハビリテーション病院に転院させるために、たった一人で、沖縄に飛んだのは誰だったか、地域包括支援センターに、誰よりも先に連絡を入れ、転院手続き、家族としての今後の対応の指示を仰いだのは誰だったか、弟だった。「親父は沖縄で死んだのだ」とよく言っていたのも弟だった。

「これが最後だから、最後だから」と言っては、田舎の墓詣りに何度も何度も連れて行ったのも弟だった。

アメージンググレイスが車内に流れ出した。

「親父が好きだったんですよ」

認知症の症状が進む父に弟がよく聞かせていた。

「親父は若干の認知！　若干の認知だ！　それだけだ」そんなこともよく言っていた。

早朝の自宅に繰り返しかかる電話に何を思ったか。

「親父、聞こえる？　聞こえる？」

後ろを振り返り弟が、父に何度も声をかけていた。

寝台車は、北本通りを北方向に走り、赤羽駅東口方面に出る。大きく左折し、橋架下をくぐる。

西口側に抜けると大型スーパーが見えてくる。

弟が父のために布団温風器を買い、末弟が褥瘡対策の枕を買ったのがこの大型スーパーだ。

４階にはパソコン教室があった。いつの間にか、父は画像の取り込み、処理方法をマスターし、クルーズの記録を作るようになっていた。

寝台車は自宅に着いた。

十字路をバックで入り、寝台車の後部扉が大きく開けられた。

父は帰ってきた。

庭には、侘助、玉霞、椿の花が、さんしゅゆの黄金色の花が、高く枝を延ばした山吹の花が帰りを待っていた。弟が家に駆けこみ、植木バサミを取り出し、椿を、さんしゅゆを、山吹を切り、父の上に置いた。

「親父見えるか？　自分の家だよ」しばし、静寂が時を包んだ。皆が寝台車の父に寄り添った。

「もうよろしいですか……」ドライバーが言う。

後部扉が閉められた。

寝台車は再び動き出した。


50日祭が4月27日になる。誰しも時が過ぎたのを忘れたようだった。それに合わせて、納骨は29日の土曜日となった。

その前に、我が家の奥城《おくつき》の掃除、影参りの家の掃除をせねばならない。

末弟尚武が一人、墓掃除に出かけた。

牛久の駅からタクシーに乗ると30分ほどで田舎の家に着く。父が建てた家だった。

タクシーを降りる際……。

「あれ、ここは弁護士さんの家だったよね。違うかな?」運転手が話しかけてきた。

「はい、そうです」末弟は言葉少なに答えた。

我が家の奥城は、広大な畑が広がる牛久の山の台にぽつねんとあった。

ご先祖様代々の墓がある。その墓掃除は幼い頃から父に連れられて、兄弟が皆で長年やっていた。

ある時から、私は墓掃除には行かなくなった。墓掃除に行くのが嫌でたまらなかったからだ。

一人、墓地で汗を流す末弟から母に電話が入った。

「チューリップが咲いているよ」

「チューリップ?　誰が植えたのかしらね」

「誰って、パパに決まってるでしょう!」

「最後に墓詣りに連れて行ったのはいつ頃だったかねえ」

華やぐ末弟の声と、訝しがる母の声。

父の認知症の症状がだんだんと進んできた令和2年頃のことだ。

記憶障害、見当識障害が顕著になっても、まだ、身体を動かす体力は残っていた。

庭に出て、好きな植木の世話をすることはできた。

しかし、あれだけ植木の世話をするのに寸暇を惜しまず、泥だらけになり、汗だらけになるのも厭わなかった人が、植木バサミで、バンバンと、椿の花のついた枝を、蝋梅の枝を、白山吹のつぼみを切り落としてしまっていた。

庭の土をほじくり返し、穴だらけにし、チューリップの球根が掘り出されて地表に散乱していた。

その勢いは、地中のガス管を突き破ってしまうのではないか、ガス漏洩事故になるのではないか、と心配しなければならないほどだった。

「止めてください！　花がみんな枯れてしまいます！　もうやめて！」母が叫び声を上げる。

「何言ってんだ！　俺のやることを邪魔するな！　俺は枝なんか切ってはいない！　そんなことはしていない」

切り落とされた枝の山の前で、足元に散乱する、チューリップの球根の前で、父は喚き散らした。

「人のやることをいちいち邪魔するな、俺がいたら邪魔なのか、俺なんか死んだらいいと思っているのか!!」父はそう言って、激しく怒り出した。

認知症が言わせる言葉とはいえ、「俺が死んだらいいと思っているのか」、この言葉を聞くのは、母も私も余りにつらかった。

母があれだけのことをしているのに、私がこれだけ母を支えているのに、何故分からないのか。どうしてなのか！

母が丹精込めて育てた、椿、山吹、蝋梅、さんしゅゆは、殆どが、切り捨てられた。父の自慢の庭は荒野となった。

チューリップの球根は、花壇に10月下旬から11月頃に植えられる。1～2カ月は寒さに当てる。寒暖差を球根に覚えさせることが、鮮やかなチューリップの花を咲かせることになる。父がとうとうと語っていたことだ。苦土石灰、腐葉土を配合し、自ら、土づくりをしていた。

しかし、赤羽の庭にはチューリップの花が咲くことはなくなった。

(春を迎えることはない）主治医の言葉通りに、３月９日に旅立った父であった。

「チューリップが咲いてるよ」電話口から、繰り返し聞こえる末弟の声は弾んでいた。

「最後に墓詣りに連れて行ったのはいつ頃だったかねえ」

昨年、10月22日に私と弟で父を連れて墓詣りに来ているはずだった。

既に、父の身体では、墓地まで歩くことはできなかった。

影参りの家にいても、どこにいるかも理解できないようだった。

歩くことすらままならない父が、奥城にチューリップの球根を植えることができるわけはない。

「二人で行ったよな、親父様連れて？」

「去年の10月？　ああ、帰りに親父が車に頭ぶつけた時だ。そんなことあったね」

「チューリップの球根なんて植えた？」

「誰が？」

「誰かが植えなければ花は咲かんだろう」

チューリップの花は、長くとも1週間ほどしか咲かない。

納骨の日には咲いてないだろう。父が末弟を呼んだのだ。

「ほら見てみろ、チューリップだ。春が来てるだろう」

「あああ、春を迎えたねえええ」

春を迎えた父が、誇らしげに笑っている。

# 終章

「よくねえ、寂しいでしょう、寂しいでしょうと言われるんだけど、やることがなくなったから、なんだか拍子抜けてしまって、ゆっくり新聞も読めるし、本も読めるし、パパからの束縛から解放されて、せいせいしてるんだよ」

父の書斎に一人、父の写真をぼんやり見上げて、声をかけても気づきもしないのに、あれからそんな毎日なのに……、我々にはそんなこと言う母であった。

父の書斎にある神棚二つ。

先祖代々を祀った神棚、更に、皇大神宮の神棚が置かれている。

皇大神宮の神棚は、ご先祖様を祀る神棚より、上部に配置されている。

白磁に百合の字が書かれた湯飲みは皇大神宮に、赤錆、白い釉薬が縁から流れる湯飲みはご先祖様に差し上げることになっている。

「桜より百合の花がいいじゃないか……」父がそう言って、最後に選んだ湯呑だった。

かがり火にろうそくの明かりが、灯らなくなったのは寂しい……。

「我が家は、かんながらの道だ、八百万の神が一番だ」いつもそう言っていた。

納骨が終わり、主が戻ることがなくなった書斎は閑散とした。

その書斎で、やってきた弟が、何やらゴソゴソと盛んにやっている。

掃除機が動き出した。

「何が始まったの？」母が訝しげに言う。

書斎を覗く……。

千木《ちぎ》が交差し、堅魚木《かつおぎ》が社殿の棟木に7本横たわる、流麗な神殿造りの神棚のはずだった。

それがバラバラになって、赤いじゅうたんの上に並んでいる。

「あれ？」

「掃除して、そのあと、親父を入れるんだ」

と弟が言う。

「え？」

バラバラになった神棚の社殿部分から、父の両親の霊璽、ご先祖さま代々の霊璽、三つが出てきた。

「知らなかった……これが入っていたのか……三つも」

「これじゃあ、親父が入らないじゃないか！　三つもあるから、これ以上は入らないよ」

暢気な弟も困惑している。

「おじいちゃん、おばあちゃんのこと、ご先祖様のことばかりやっていて、自分のことは何にも考えてないじゃないの、しょうがないねえ」母が呆れた声を出す。

そんなことだから田舎の奥城に一人になるようなことになるのだ。

「50日過ぎると、生き神様になるんだろう」

「50日で帰ってくるかどうかは分からないって、神主さん言ってたよね」

「家族がちゃんとしないと、荒ぶる神で戻ってくるとも言ってたぞ」

「あの神主さんに聞いてごらんなさい」

母が笑顔で言った。

しばらくは、父は、皇大神宮と並ぶことになった。

後日……。

「神主さんに話を聞いてきたよ」

「霊璽は、祖霊舎の中に、おじいさんが右、おばあさんが左、先祖代々のご先祖様の霊璽を真ん中におく。親父は、正面に出して置けばいいらしい」

「それいしゃ？　ってなんだ？」

「神棚ではないらしいや、神棚は上の皇大神宮のことで、御先祖を祀るのは祖霊舎というらしい」

言葉を聞いたことはあったが、初めて「祖霊舎」の意味を知った。

ゴーゴーとまた、掃除機が父の書斎を動き回っている……。

祖霊舎が組み立てられた。真榊が左右に並ぶ。弟が瓶子《へいじ》に新しい酒を入れる。水器の水も入れ替える。ご神鏡も磨く。父の霊璽は、その前に置く。父の落ち着き場所がやっとできた。

我が家の守護神様の居場所だ。一番新しい守護神様だ。

「家族がちゃんとしないと荒ぶる神で戻ってくるってさ」

「荒ぶる神はもう勘弁だよ」

「だけど親父は『生涯現役』だからね、どうなるか分からないよ」

弟がいたずら好きの幼子のような顔で笑った。

## 令和5年5月14日　日曜日　2カ月後

父の写真をぼんやり見上げる母の姿は、また小さくなったように思えた。

末弟が勢いよくやってきた……。

「ママこれ」

赤いカーネーションの花鉢を持ってあらわれた。

「待った！　俺も持ってきた！」

そこに弟も現れた。黄色いカーネーションの花束だった。

「そうか！」私は迂闊な自分に呆れた。

団地のスーパーに慌てて出かける。


赤色のスタンダードカーネーション、細い茎が四方に伸びるミヌエットスプレーカーネーションが並んでいる。

「カスミソウの白い小さな花があるといいだろうか？　赤はあいつが持ってきた、黄色も既にあるじゃないか……」

「青い星形のブルースター、スターチスの紫色も捨てがたいか」

手にとっては元に戻し、眺めては手に取り、選ぶ作業は続いた。

「あらあら、雨の中をみんなが揃ったのね、花束ばかり増えて」

母の声が久しぶりに明るい。


玄関に大きな花瓶が既に置かれていた。

象嵌入り、黒肌の銅製花瓶だ。

兄が一足早く来て、花瓶を用意し、花を入れていた。

「さすがは兄貴だ、素早いね」

今日が母の日であることを忘れる私とは違う。

この花瓶には刻印がある。

「祝　㐂寿　昭和40年6月1日　不老会」

母の父親、我々から見れば仏壇のおじいちゃんの喜寿のお祝いの時に贈られたものだ。

父も母もその年齢を遥かに超えて生きてきた。

兄が早くに用意した銅製花瓶に、赤いカーネーション、黄色いカーネーションが入る。

カスミソウ、ブルースター、スターチスがアクセントを加える。

「ちゃんと、花ばさみで水切りをしないとダメでしょう」

生け花師範の母からぴしりと一言が入る。

にぎやかだ！　いいじゃないか！　兄弟がそれぞれ持ち寄ったカーネーションだ。

4人の合作だ。これこそが、アレンジメントだ！　私は一人納得していた。

「これは、どこに置くか？」

「ママの机でいいんじゃないか」

「そうだね」

皆が楽しそうだ。久しぶりに笑顔が溢れ出している。

「これはきれいだから、神様のところに持って行って、パパのところに飾りなさい」

と母が言う。

「今日は母の日だよ！　母の日なんだよ！」

自分の祝いなのに、皆が母を気遣って、4人で飾った花なのに……。

母にとっては、自分のことよりも父のことなのだ。

「施設になんか入れられないねえ……、あのヘルパーはだめだねえ、あそこの病院はだめだ……あのケアマネはだめだ……」

これもだめ、あれもだめ、そればかり言って皆を困らせた母だった。夜も眠らず、食事もとらず、父の介護に全てを注いだ母だった。

「あのカーネーション見て親父はなんて言うかな」弟たちが言う。

「後は頼むぞ、ママを頼むぞ、お前らに任せるぞ、そう言ってるに決まってるだろう」

「そうか……」

静かに頷く四人だった。

# あとがき

令和4年8月26日のことだ。

関東信越厚生局が主催する、「認知症サポーター養成講座」を受講した。

認知症の権威といわれる、国立大学医学部名誉教授が講師だった。

認知症家族の介護をしている者の気持ちはどのように推移していくのか、四つのステップを踏んでいくという話が紹介された。

「認知症サポーター養成講座標準教材」に記載されている、その内容を要約すると次のようになる。

**第1ステップ、とまどい・否定の時期。**

認知症家族が引き起こす様々な異常行動、生じる現実を全て否定しようとする時期。

**第2ステップ、混乱、怒り、拒絶の時期。**

認知症への理解の不十分さから、混乱と苦悩にまみれ、異常ととれるような言動を増幅させる認知症家族に対し、やり場のない怒りを覚え、その存在すら全てを拒絶する、家族全体が絶望の淵に追い込まれていく時期。

**第3ステップ、割り切りの時期。**

認知症介護に次第に精通し、医療、福祉、地域社会からの援助、協力を得れば在宅介護で十分やっていけるのではないか、という気持ちに変化し始める。怒ったり、イライラしても何もメリットはないと思い始め、家族全体が割り切るようになる時期。

**第4ステップ、受容。**

認知症に対する理解が深まって、認知症である家族の心理を介護者自身が考えなくとも分かるようになり、認知症である家族のあるがままを受け入れるようになる時期。

父の認知症の症状を見ても「大丈夫だ！　大丈夫だ！」と言い続けた兄。

「親父は沖縄で死んだんだよ」

「この年齢だから、ボケるのはしょうがないよ」そう言い続けた弟。

混乱と苦悩、怒りすら覚え、成す術なく、絶望の淵に追い込まれていった私。

父と罵り合いを、毎晩繰り返しながらも、回復するのを元気になるのを、信じ続け待ち続けた母。

認知症である家族のあるがままを受け入れるようになることは、認知症介護という厳しい経験を通じて介護者が人間的に成長を遂げたということだという。

家族は誰もがそうはならなかった。

日々変わってゆく父に対し、家族皆が、冷淡な態度をとり、無情な言葉を浴びせた。

しかし、父の存在は絶対不変であるのだと、今あらためて思い知らされる。

この4ステップは私の胸に突き刺さった。

第2ステップと第3ステップの間を彷徨い続けた私が、頼みとしたのは、ケアマネージャーさんとヘルパーさんだった。

医師が介護の現場でできることは意外なほど少ない。

主治医ができることは、医療行為である。月に一度の診察、薬の処方と心理テスト、その結果の説明、それだけだ。

家庭内での父の様々な言動をいくら説明しても、母が必死の思いで、何枚も何枚も父の異常ともみえる様々な言動を書き連ねたメモ用紙の束を、私が持って行っても、「それはケアマネさんに言ってください」と言われるだけだった。

医師と在宅ケアマネージャーの役割分担があるのは頭では理解できていた。

しかし、家族の心理はどうしても主治医の「先生」ばかりが頼る存在に思えてしまう。

「医者はなんて言ってるんだ?」

「軽度の認知症だってさ。この年齢でここまで歩いてこれるのは大したもんだといっていたよ」

「そうか! なら大丈夫だ!」

この会話は家族の中で、何度も繰り返された。父の介護がどれだけ大変かは、他の兄弟に伝わることはなかった。

家族は誰も「ケアマネージャー」という存在を知らなかった。知っていたとしてもその存在を見下しているようですらあった。

「あのケアマネは分かっていない」

「あの女はだめだ!」口々に言っていた。

ケアマネさんは、介護の現場のプロフェッショナルだ。

我が家の担当になったケアマネさんは、地域包括支援センターの担当者から、デイサービスの責任者から、「あの人はやり手だ」そのような言葉を聞くような人だった。

ケアマネージャーが何ができるのか、何をしてくれるのか、それを考えるより、何でも聞いてみる、何でも頼んでみる、何でも押し付けてみる、何でも話してみることだ。赤裸々に現実を伝える中でこそ信頼関係も生まれてくる。

何ら関係ないように思えることでも、ケアマネさんからすれば家族にかかる介護負担を考える際に、必要な情報となる。

家族全体の話、自身の仕事の状況、介護に携わる家族の体調などを必ず伝えることだ。介護対象者本人の話ばかりしても意味はない。

ケアマネさんには何回となく電話した。留守電にも何度も入れた。どれだけうるさかったか分からない。それだけ頼りにしたたし、頼りがいもあったのだ。

要介護レベルであれば月1回、要支援レベルであれば3カ月に1回の定期訪問がある。介護対象者本人にとっては、定期訪問は負担になるだけでなく、嫌なものだ。それを理解し本人任せにしないことが大事だ。

私は、必ず職場の「短期介護休暇」を半日取得し、同席した。定期訪問では、介護対象者本人と面談するのがケアマネさんの大原則だ。父は、ケアマネさんに体調を聞かれても「何も問題はない。大丈夫だ。赤の他人の世話にはならない」としか言わなかった。これも情報であると、ケアマネさんに言われたものだが、介護の現場の惨状はこれでは何も伝わらない。

家族が同席し、定期訪問の機会を情報交換の場とすることが極めて重要であることは身に染みて分かった。

この場があってこそ、現実が見えていない兄弟の話もできたのだ。

また、我が家はケアマネさんの提案もあり、生活支援を行う訪問介護サービスの一つである「生活援助」のためのヘルパー派遣を週2回受けていた。

「生活援助」とは、日常生活に必要な範囲での掃除、洗濯など家事を行ってくれることをいう。

しかし、ヘルパーさんは掃除のおばさんではない。「お薬飲みましたか?」その挨拶から始まるヘルパーさんは、支援家庭全体に目を配ってくれる有難い存在だ。

介護対象者の異変に気づけば、登録されている緊急連絡先（家族）に連絡をしてくれる。救急車も呼んでくれる。

ヘルパーさんは、多くの支援家庭の現状を知っているので、話を聞くだけでも参考になる。日々の介護疲れを癒してくれる、救ってくれる言葉もある。

ヘルパーさん自身、家族の介護経験があることが多い。貴重な情報源となりうるはずだ。

私の経験では、介護の現場でヘルパーさんが一番身近な存在となった。勿論、人であるので、合う合わないはあるし、中にはいい加減なヘルパーさんもいるのは事実だ。しかし、本文中にあるような「水曜日のヘルパーさん」もいる。

介護生活のスタートは、地域包括支援センターである。

介護生活の中で、介護対象者に対し虐待行為があれば、警察の生活安全課に連絡する。

包括支援センターのカウンターには何度も座ったし、生活安全課の相談員にも何度も連絡を入れた。特別なことでも何でもなく、介護生活の中で、生活安全課に相談することは、ごく普通のことだと教えられた。

ケアマネさんは、まるで召使のように、「金を払っているんだから何でもやれ！」と、介護支援家庭から言われることが多いのだと聞いた。

「なんで？　あなたはヘルパーなんてやるの？」世間ではこういう言葉がしばしば飛び交うものだとも聞く。

とんでもない話だ。ケアマネさん、ヘルパーさんがいなければ、我が家の介護は成り立たなかった。

どれだけの言葉を重ねても、どれだけの紙面を使っても感謝の気持ちを伝えることはできない。お礼の気持ちを語り尽くすことはできない。

最後になるが、私が本を出版することになるとは思いもしなかった。しかし、その御蔭で、お世話になった多くの方々にお礼を申し上げる場を得ることができた。この場を借りて、改めて心からのお礼と感謝をお世話になった全ての方々に申し上げたい。

令和6年3月8日　金曜日
早朝から春を呼ぶ雪が降っている。

平和坂の、小さなつぼみが並ぶソメイヨシノの枝に、雪が積もっている。

自然観察公園も一面白くなった。

父の書斎で校正原稿のチェックをしている。

書斎の父の写真は青空を背景にいつも静かな笑顔だ。

「いつも怒鳴ってばかりいたのに、怒ってばかりいたのに、この写真はいつも良い顔で笑っているねえ」そう言いながら母が写真を見つめている。

この笑顔の写真と、母、末弟が兄の運転する車に乗るはずだ。

神主さんが神饌などは全て用意するという。洗米、塩、水、清酒を主とし、お供え物が三方に並ぶはずだ。

故人がお好きだったものもお供えするものだという。

「そうだった、親父様との約束があるではないか」

粉吹きいもが出来上がった。これで作るのは何回目だろう。

明日は父の一年祭が行われる。

※本作に出てくる人物名は仮名です。

〈著者紹介〉
**ゆいね久之**（ゆいね　ひさゆき）
生まれ：東京
経歴：36年間の役所生活がいつのまにか過ぎ、
親の介護に従事する
趣味：カラオケ、登山

**船出《ふなで》…**
**旅立《たびだ》ちまでの看病記《かんびょうき》**

2024年6月28日　第1刷発行

著　者　　ゆいね久之
発行人　　久保田貴幸

発行元　　株式会社 幻冬舎メディアコンサルティング
〒151-0051　東京都渋谷区千駄ヶ谷4-9-7
電話　03-5411-6440（編集）

発売元　　株式会社 幻冬舎
〒151-0051　東京都渋谷区千駄ヶ谷4-9-7
電話　03-5411-6222（営業）

印刷・製本　中央精版印刷株式会社


ISBN 978-4-344-69103-2 C0093
幻冬舎メディアコンサルティングＨＰ
https://www.gentosha-mc.com/